回到分歧的路口

飞往
温哥华

蒋在 —— 著

中信出版集团|北京

图书在版编目（CIP）数据

飞往温哥华 / 蒋在著. -- 北京：中信出版社，2023.4
ISBN 978-7-5217-5388-2

Ⅰ.①飞… Ⅱ.①蒋… Ⅲ.①短篇小说-小说集-中国-当代 Ⅳ.①I247.7

中国国家版本馆CIP数据核字(2023)第033665号

飞往温哥华

著　者：蒋　在
出版发行：中信出版集团股份有限公司
　　　　　（北京市朝阳区东三环北路27号嘉铭中心　邮编　100020）
承 印 者：天津丰富彩艺印刷有限公司

开　本：880mm×1230mm　1/32	印　张：6.5　字　数：100千字
版　次：2023年4月第1版	印　次：2023年4月第1次印刷

书　号：ISBN 978-7-5217-5388-2
定　价：49.80元

版权所有·侵权必究
如有印刷、装订问题，本公司负责调换。
服务热线：400-600-8099
投稿邮箱：author@citicpub.com

目录

001　飞往温哥华

031　再来一次

057　等风来

107　午后,我们说了什么

129　遗产

151　小茉莉

197　后记　驾驶我的车

飞往温哥华

一

她睁开眼睛，机舱里的灯已经灭了。打开飞行显示屏，模型机在那片深蓝色的海域上飞行，她不知道地面上的时间，以及她的丈夫在做什么，她和他是第二次这样失去联系。近九千公里的距离，屏幕上显示已飞行四千多公里。

她想着还有几个小时，将与前夫景崇文重逢。她记不得他们是哪一年离的婚，十年前？八年前？或者更远。好像是一个春天，她穿着一条齐脚踝的黑白条纹的裙子从办事处昏暗逼仄的办公楼里走出来，墙角的地面上落满了黄色的迎春花，还在枝丫上的花反而是黯淡的。从那天起他们就再没有见过面。在机场候机时，她想象过景崇文现在苍老的样子，她甚至觉得自己会哭。

半年前，她给景崇文打电话说自己在温哥华，儿子病了，病得很严重，问他能不能申请提前退休。景崇文那头从嘈杂的地方换到了一个安静的地方,她才听清他在那头小声地问:"儿子究竟得了什么病?"

这些年景崇文也病过,他都是自己去医院挂号等待手术,从没要求谁去陪过床。所以景崇文下意识地觉得儿子得的病一定比手术开刀更严重。

她说:"不好讲,反正需要你过来陪一下。你来了就知道了。"那时她已经请了一个月的假来陪儿子,再这样继续下去,她的工作也难以为继了。

他问她:"你呢?"

她说:"我的假休完了,得回去挣钱。"

景崇文原可以答应下来,一想到他们早就已经离婚了,凭什么还要听她的,他就不用挣钱了?就说:"我退休损失会很大。"她说:"你真的要过来,不然你会后悔的。"他被噎住了,退了一步变换了声调说:"再说办理退休也需要时间。"

"再大的损失也抵不上儿子的病,正因为需要时间,才叫你现在申请。"

他沉默了。

"你赶紧申请,我不挣钱,儿子这边的开支无法继续。"接着还没等景崇文回话,她就挂断了电话。

二

她静静地看着屏幕上那架模型机匀速地飞着,脑子里想着几个月前,陪着儿子来到温哥华。儿子在外留学九年,她是第一次出国。儿子准备读博,她陪着儿子寻找新的住处。那时候她还不知道儿子病了。她早该想到儿子得了那样的病,怎么就没有想到呢?这些年艰难的生活,让自己的脑子变得越来越狭隘。

直到有一天早晨,儿子差点打了她。被撵出去的她沿着空无一人的道路向前走着,她边走边哭,但是她也没有往那个病上去想。好好的,怎么可能往那方面去想?她只觉得太失败了,倾其所有送儿子出国念书,换来的是不依不孝,她真是痛恨自己。

她迎着明亮的鸟叫走着,空气中青草和花的香味都湿漉漉的。路标上的英文字母她一个都不认识,她怕自己走丢了给儿子带来麻烦。没有地方可去的她,又不得不朝前走。她就只好去记树的样子,那是一棵弯曲得扭捏的日本松树,还有一棵铁杉,房子的前面开了什么花、自己从什么地方拐到了什么地方,她不停地回头确认。

她走到长满灌木松的路上,在一条长凳上坐下来,阳光从松树的枝丫缝隙间透了出来。早晨过后,温度在逐渐升高,她手边连瓶水都没有。偶尔经过的公交车上,稀松地坐着几个人。她感觉这个世界离自己很远，阳光草地花木一切都与己无关。

每天傍晚来临，房东给草坪浇完水，就会站在竹篱笆院墙那儿，跟一个金发的白人聊天。那时夕照正好落在花上，吸了水的花楚楚妖艳。她以为只有中国妇女才会站着聊天，而且是每天都那么大声地聊。不过房东是温州人，儿子在网上租住了她家的地下室，且只能住一周，别的时间早被中国学生们订满了。

刚到温哥华时，她觉得天宽地阔，处处乡村景象，实在太美了。每家独门独户，屋前屋后都有宽阔的草坪，满眼的花草树木，唯独出门要走上一段路才能坐车。第一天，儿子带她去了一家中国人开的越南餐馆，吃了中国的面条。她记得餐馆里人很少，除了音乐几乎没有任何声音，餐馆颜色的主调是黑色，墙上挂着她不熟悉的各种画，不过她觉得非常好看。

主街道上车少人也少，在强烈的太阳光下走着的人，像是游离在世界外的影子，不同肤色不同发质。一切都与己无关。与世界失去联系，不过就是什么都不属于自己。每天早上走出门，看到苹果从树上落下来，有时候会在地上砸出一个坑。那个落下的坑，给人一种特别的想象，鸟会飞来啄上面的果肉，成群的鸟摇动树枝，果子就会掉下来。

儿子每天都在为寻找新的住处焦虑。她原本不知道没有新的住处，他们就得露宿街头。在国内不行可以住酒店，温哥华的酒店一晚上近两千元人民币不说，主要是离他们现在住的地方还有很远的距离。儿子发怒时就问她知不知道他们就要被撵出去了，那么多行李怎么办？她想不到儿子会变成这个样子，锥心的痛感让她只能忍气吞声，因为儿子说这是加拿大，不是中国，只要他们吵起来，邻居听到就会马上报警，他们中的一个就会被警察带走。她一句英文也不会说，被带走的肯定是她。

儿子打她的电话，让她回来，并在电话那头告诉她，电话一分钟呼叫方收费三块钱，接听方两块钱，所以别在外面赌气不回来，让他花钱继续打电话。

那天下午，她回来的时候，看着她儿子正在搬运箱子。一个中国同学和她的丈夫开车，把儿子研究生毕业时的所有行李送了过来。他们把东西放在路边，一个又一个墨绿色的塑料箱子，她数了一下共有十二个。在加拿大生活九年的全部家当都在这儿了，她想着每个假期学校要求学生把行李带走，儿子要费多大的劲才能把这些东西一次次搬到不同的同学家的地下室去寄放。

送箱子的同学问她想不想去参观温哥华大学，她心动了一下，偷偷看了儿子一眼，之前她一直向往儿子能够考上这所大学。可是现如今她连去看一眼的念想都灭掉了。她看着同学和丈夫抬着塑料箱子，从草坪中间的小路上摇摇晃晃地穿过来，那儿靠苹果树不远的地方开着几丛粉色的月季。同学把箱子放在地上停下来歇气，她看着他们，真是羡慕这一对中国小夫妻。他们从复旦大学读完研究生，两个人一起申请到温哥华大学来做博士后，然后留在了这里。

什么时候儿子也能找到一个女朋友，一切就会好起来的。她这样想着，感觉心里面的痛苦稍微平息了一些。炽烈的阳光下，花和草都泛着她在国内不曾见到过的光，她记得第一天来温哥华的时候，她还心怀希望地辨认着路边的草，小时候熟悉的草在这里又看到了，她似乎找到了一种对应的生命和时间。或者是她有意要在这个陌生的、给她带来不安的国度，找到一种能让自己安静下来的东西。而现在这种感觉已荡然无存，给她增添了伤感的成分。

三

儿子出国的第一年学校放寒假，他找了一份给邻居看家遛狗的工作。那个假期儿子的中国同学，凡是没有地方去的都聚集在那儿。儿子用微信视频，让她看了上上下下住满了一屋子的人，他们都挺开心的。儿子夜里独自去放狗，它们在雪地里跑，隐约的灯光里，她能看见儿子的脸在风中被吹得乌青乌青的。儿子好像比以前更瘦了。他留着长长的头发，额头前的碎发已经长到了下巴的位置。她看见儿子从桌上捞起一个黑色的发箍，试图把头发往后面捋。她在视频里面问儿子，为什么不去剪头发？儿子看着她，冷笑一句："哪里来的钱剪发？没看到我在捡狗屎？"

她沉默了。她想着让年轻人吃点苦也算不了什么。她这样想的时候，一辆列车开过。儿子说："妈妈你看，这火车是开往美国去的。"

那个世界对她来说太远了。

儿子本科的大学和研究生是同一个，它在一座高高的山上。周末学校食堂只定点供应饭食，儿子起得又晚，只能走路下山去买菜或吃饭。烈日下的儿子独自走在宽阔的公路上，儿子一边喘气一边跟她视频，儿子走过那片养马场，她能看见宽阔的草地、草地里的马。儿子从路上跨过去，靠近养马的栅栏，两匹正在栅栏边的马朝后退了一下，昂头跃蹄不过很快就安静下来。儿子张开手里握着的半个苹果，其中一匹马咧嘴撸掉苹果。她对儿子说："它们会伤着你的。"儿子退回公路，笑着说：

"它们已经认识我了。"

返回的路上是儿子提着买的菜,依然是烈日下喘着气。她问儿子要走多久。他说:"两个小时吧。"她的心沉了一下问:"安全吗?"

儿子说:"安全,就是傍晚会有熊出来,特别是冬天如果下雪,就会在路上遇到熊,它们还会出现在学生宿舍的阳台外面找吃的。"

她对加国的傍晚还有那么强烈的阳光没有想象,对熊同样也没有想象,只知道熊是会吃人的,就是不知道现在的熊还会不会吃人。接着儿子说:"不过我得走快点,这个时候熊也会从森林里出来跑过公路,到另一边的公路上去。"

她很着急问儿子能不能不要一个人走在路上。儿子说没有办法,同学们出行的时间对不上,就只能一个人走了。那些有车的同学,他们不太愿意带自己,即使带了一次两次,第三次就不好意思再麻烦别人了。

她问,我们能不能也买一辆车。儿子说,基本不可以。首先我们没有必要花这个钱,我走走路挺好的。她说你一个人不安全啊。儿子说没事的,其次如果我们买得起车,我还得去考驾照,还得独自走路到镇上上学。她问,镇上在哪里呢?儿子说就在我去买菜吃饭的地方啊,两小时。她心黯然,继而又安慰自己,年轻人吃点苦没什么。她恨自己那时为什么就没有明白，此苦和彼苦是不一样的。倘若儿子在国内，即使吃苦那也是家中之苦，他就算在北京上海什么的，比起加国来说也太近了。

儿子说，常常有司机开车时，遇上一只或者两只熊挡在路上，司机把车停下来，任凭熊隔着车窗玻璃扑腾来倒腾去。他们也不报警，因为警察一来就会用枪击毙熊。她问为什么，虽然她知道她不该这样问，像个小孩子那样不谙世事似的。儿子说因为在加国，人的生命不能受到威胁。她记得那一天她挺感动的，她说不清是为警察，还是为宁愿等着熊自己离去也不报警的司机。总之这是个让她感动得想流泪的记忆。

四

加拿大的住房看上去都像是别墅。他们住的也是别墅，只不过是别墅里的地下室。加国房子的地下室意思是贴地的一楼，一般房东都不会住一楼，要么是车库，要么空置租给中国学生。之前她一听地下室，以为是在地底下，没有窗户可以通风。儿子给她说过同学大学毕业就去工作，住在地下室里，窗户有一半能看到地面上。每次有人来敲门，首先看到的都是对方的脚。在家时同学会用一床毯子裹住身体，因为地下室很冷。她听得非常心痛，说这个孩子将来有不一样的人生。不一样的人生是什么呢？她现在真的觉得难以回答。

这个同学她见过，家境比她家还不好，就是有个留学梦。成绩很好，留学期间拿的是全奖，准备好了一定要移民，所以大学一毕业就开始工作。第一个工作是在一家工地搬运砖头，后来找了一份与计算机有关的工作。假期儿子第一次回国时，他托儿子带封信回国寄到甘肃去，他是甘肃人，母亲没有工作，全靠自己努力出国。他父亲收到儿子寄去的信，寄了几样东西过来让儿子带回加国，羽绒服中夹着一封没有信封的信。儿子以为是写给他的便条，打开来看到信上说，不必挂念，不必多联系，也不必回来……就哆嗦着收好了信。她记得那个夜晚，她和儿子都为那个同学流了泪。

有时候，心痛的感觉不只会产生在自我经历上，女人老了为自己哭的时间少了，为别人哭的时间就多了。

她和儿子告别了住了七天的地下室，挪到了儿子通过网络认识的网友那儿。网友在网上说自己有一间房空了出来，是间主卧，可以租给他们，但是只能让他们住一个月。一个月后他们就得搬走。转了账后，这位素未谋面的网友，在搬家当日开着一辆丰田 SUV 来帮他们搬家。这位网友长得高大壮实，儿子站在他的旁边显得瘦弱可怜。她见儿子站在一旁打电话，没有帮这位网友搬他自己箱子的意思，她就不好意思地说："放着吧孩子，让阿姨来。"

儿子对着电话一会儿是中文，一会儿是英文，听了半天她都没听懂，只听到他在说车的事，她不知道是不是那边出了什么事。问她儿子，儿子也不说是怎么回事。等她后来看到车来了，才知道儿子叫了一辆网约车。这样的网约车都是中国人开的，当时在加国还没有被允许，也就是还没有合法化。这种中国人的"黑车"，也只对中国客户，所以它们跑起来非常顺畅。她注意到，温哥华的大街上没有出租车，除了机场。不像在国内，大街上一招手，一辆又一辆的出租车就来了。在加国所有的车都要通过平台预约，而中国人在加国开的"黑车"，比加国本土的价格要便宜得多，当然就能盛行。据说创建这个加国警察都不能依法治理的"黑平台"的人，竟然是儿子的高中同学。

这位高中同学非常精明，生怕遇上钓鱼执法，要让司机和乘客先用中文沟通，看对方是不是警察、是不是纯正的中国人。之后，她发现这里的留学生都很有意思，都要说几句洋文，目的是展示自己出国已经多年，学的不是那些微信文章里骂出国留学生的哑巴英语，二是测试对方到底英文如何、来了几年。以此换来一些中国人与中国人之间的优越感。

在加国坐着"黑车",有不一样的感受。语言一窍不通的她觉得亲近,她会主动跟司机搭讪。平时除了跟儿子说话,她会在做饭的时候自己跟自己说话,她说不说话人的脑子就会坏掉。这些开车的年轻人里有男有女,很多时候女司机甚至多于男司机,且他们都是移民了的,她甚至在心里希望能为儿子相中一个女朋友,这样将来她回国了,儿子独自留在加拿大,就不至于太孤独。

搬家后的第一天,儿子带着她步行到附近的超市买菜,她知道了穷人超市和富人超市有时候只隔着一条路的距离。儿子总是把她带到穷人超市,那儿很少有中国人,超市里来来往往的人大多很胖。儿子说加拿大人的胖是因为生活在底层,吃的食物脂肪高又不运动。她记得之前儿子带她去过一次富人超市,一进门是鲜花区,儿子指着一个推车排队的中国女人说,你看她的包五万多。她看过去,觉得没有什么特别的,心里想着一个人,把五万元的东西提在手上进超市,也太夸张了吧。

五

儿子和她搬去网友家后,依然在日日夜夜不停地找房子。她也只默默地跟在儿子身后，儿子让她去哪里她就去哪里，让她在什么地方坐下，她就坐下。因为儿子那时不太说话，一句话不对儿子就会发起火来。她知道儿子一定很焦虑，来加国前她认为儿子小题大做，找不着房子就先住在酒店里，来了后才知道真的住不起。她和儿子去看了一个台湾女人的房子，离儿子的学校两站路的车程，公交车十分钟一趟。

从台湾女人家陡峭的楼梯下来，穿过一个种满植物的过道，他们来到了大街上。台湾女人是房主，她将空置的另一间小卧室租出来，一个月九千元人民币，不算太贵。他们走在暴烈的阳光下，儿子问她有没有发现台湾女人有什么问题。她说没有。儿子说台湾女人不停地用手按她披散在胸前的一绺头发，说明她一定有心理疾病。

儿子说你看看，这附近没有超市。她就朝着道路望过去，远处一路过来种的都是一种红叶子的树，在阳光下闪着红光，她脑子里出现的是儿子不停地摸鼻子的样子，觉得眼前的世界与自己隔着一层又一层的光圈，一个不真实的世界幻象。

送他们来的"黑车"在道路背阴处的另一条路上等着，他们走过去时那个女孩还在打电话。看到他们走来，女孩将电话放入口袋，打开车门，让她进去。她上车后不像来时那样期盼着结上一个善缘,自从她在来时的路上得知这个女孩已经结婚,就不愿再多说一句话。他们要看的另一套房子离学校稍远了一点,儿子上下学如果坐天车,再转公交车到学校,需要一个多小时的时间。夏天没有问题,冬天的加拿大下午四点天就完全黑了。她和儿子坐在天车上一直在讨论这个问题。他们是从学校出发,试探一下到租住房子的路程。倘若要租下这套房子,下了天车,还要走上十五分钟的路,才能到家。

这套房子的房东是一对印度夫妇,他们在她跟儿子约定好的时间里,并没有出现在门口。他们还没有从房子里搬出去,大概两个人正忙着收拾房间。他们在门外足足等了半个小时之久,这不符合外国人做事的风格,外国人的时间观念非常强,有无文化都表现出与生俱来的教养。下来接他们的是男主人,看上去不算让人讨厌。他们跟在他的身后进了单元门厅,经过壁炉时她特地回头看了一眼,壁炉上方放置一个大大的花瓶,插着百合花,对面是几幅抽象画。男主人指着另一道门说,那是车库。正好有一个人从车库房门那儿进来,男主人问他们要不要先看一下车库。儿子说不用,她朝门开的地方看去,那儿跟国内很不一样,安静宽敞。

果然房东把房子收拾得一尘不染,屋子里还有房东的姐姐，一个胖胖的印度女人跟女房东形成对比，感觉女房东瘦得坚硬，油盐不进。她站在并不大的客厅中间，听着他们交流，尽管她一句也听不懂，却装出能听懂的样子，时而看着他们的眼睛时而点点头，意在给儿子壮壮胆。无论有用没有，她坚持着那样一个姿势。

出来时儿子说，后天来签合同交钱。他们沿着道路两边的法国梧桐走着。她说住这儿好。儿子说，好是好，就是比台湾女人的贵一半。她说没有关系，你读完博就结束了。儿子说这儿到天车站要走十五分钟，然后再转公交车去学校。她说嗯，离飞车站不算太远。儿子说，妈是天车好不好？儿子朝前快走了几步，两个人就往下坡走，经过一段工地时儿子说，妈你看这儿正在建一个大的商场。她说真好，你买东西就近了。儿子说，建好了，我已经离开这里了好不好？她又不说话，心里想着，是的一切都与我们无关。

把房子租好后，她就收好了行李准备回国了。临走前，儿子透露出很多年她都没有再体会过的、只有他幼年时期才展现出的依赖。他问她，妈妈你可不可以不走？说出这句话，儿子觉得不妥，又说没什么，转头去装着看书。正因为超出了她的预想，儿子觉得她应该能够明白这句话的沉重和求救。她心里虽有不忍，却只能说，不行，我要回去挣钱。等你爸爸过来先陪着你，我回去打理好了再来看你，好吗？

他也知道妈妈重组了新的家庭，她的生活可以为他停滞一个月，但不是永远。他是这个世界隔绝出来的另一个世界的产物。儿子的眼神黯淡下去，就像过去一样，一直在黯淡下去。人生就是这样，尽管她再痛也没有办法。她必须得走。

她离开温哥华后，景崇文就飞过去陪儿子了，那时他的退休还没有完全办理下来。她还能记得儿子生日那天，给她打电话说，现在连听到水的声音都无法忍受，心里每时每刻都像猫抓一样难受。她知道了事情的严重性，叫儿子一定要去看医生，不然后果不堪想象。

儿子自己开车去看了医生，医生告知儿子患的病，并且说是重度的。儿子坐在靠窗的地方，正对着医生，风吹窗帘在他身后飘动。窗外不远处就是一片海，阳光照射在海面上，那儿是一团雾气一样的波光。

儿子上楼去看医生的当儿，景崇文沿着道路去往海边。他也不认得英文，方向感却很强，所以他并不会担心找不回来。阳光在海面上发出耀眼的光，休闲的人们在沙滩上嬉闹，或躺着晒太阳。再远一点是一条人行的林荫大道，树丛下开满了红色的花和紫色的花。靠近路边的草地上打网球的人，跳跃时发出来的欢笑声，随着风轻轻地飘散，像雾像雨又像风，让他觉得加国的一切是那么的美好。

医生看见儿子坐在那里一动不动,就说,不过你放心,会治好的,这是最容易治的病。儿子就哭了。儿子开着车一路哭着,景崇文坐在车上见儿子哭,问儿子发生什么了。儿子叫他不要问。他只觉得儿子像变了一个人,那么老大不小的男子汉还哭。他不会知道加国的医生是这样看病的,那儿是一个靠海的住宅区,房屋上爬满了红色的藤类植物,看上去美极了。

六

飞机依然在深蓝色的海域线上前行,这会儿她也不去看飞机已经飞行了多少公里了。距离她离开温哥华已经过去了六个月。她像六个月前说好的那样,一定会再来看儿子,再来陪伴他一些时间。她又想起地面上的他,这会儿是白天还是深夜,有没有像自己一样忧心忡忡?她前段时间从温哥华回去后,他们还谈到是不是领个证什么的,她说彼此都再考虑一下。他问她是不是想结束他们之间的关系。她并没有如实告诉他为什么又飞往温哥华,一切等回来之后再做解释吧。她想,回去后还是跟他把证领了,等儿子完成学业回到中国一切都会变好的。

她闭上眼睛想睡一会儿,机舱里有人起来上洗手间,紧接着声音越来越多,灯亮了。服务员开始发放吃的,意味着飞不了多久,就会到了。

飞机缓缓地落地了。她站起来看准了前面一个中国姑娘,紧跟在姑娘身后,随人流慢慢地移动。她说姑娘我不懂英文,你能带着我填一下入关表吗?姑娘只是看了她一眼,她还是紧跟着那个姑娘。

过完关出来,她给儿子打微信电话说到了。儿子让她出来后找地方等一下,他刚刚看完医生开车赶来。人来人往的大厅,让她觉得一切人和事,还有声音都像是从脑海里漂浮而过的东西。

温哥华的确美好,可那是人家的。她顺着人流历尽艰难终于出来了,顺着通道朝前走过大厅,休息吧里坐满了喝奶茶的年轻人,离她最近的那对情侣相依相偎,金发碧眼,这让她黯然神伤,想起儿子短暂的恋爱,那个小女孩也是法国人,她看过照片。怎么就结束了呢?倘若儿子一直在恋爱,也许这会儿该结婚了,儿子是不是就不会生那样的病了呢?

儿子到了。她朝大厅外走,用了跑的速度。大门外熙熙攘攘的车辆在秋天的阳光下缓缓而过,她在车流中寻找着白色的车子,她记得上次离开前,儿子租到了一辆白色的马自达CX-3。她正在张望,看见一个男人从远处走来,看见她时朝着她招手。她几乎认不出他来了,景崇文。她感觉到一股心酸。他谢顶了,瘦了。他也没有她想象的那么苍老,穿一条偏蓝色的牛仔裤、格子衬衣。她记得他们在一起生活时,他就说要穿牛仔裤,她笑说你穿那个不适合你。那是个冬天,她在大街上的巷子里给他买了两条化纤材料的裤子。一周后他穿着新裤子去上班,人站在电炉边上把裤腿烧了个大大的窟窿,回来后她气得要死要活的,说他在她的心上烧了个窟窿,因为她自己都没有舍得买件新衣服。那时太穷了,真是太穷了。现在他可以随心所欲地穿牛仔裤了,她朝向别处不想与他四目相对,她看见儿子开着白色的马自达,在车流中缓缓地过来。

景崇文走到她跟前,弯下腰去接她手里的箱子,两个人都没有说话。他拖着两个大大的空箱子走在前面。箱子是他在电话里嘱她带来的,说是儿子毕业回去时,一定有很多东西,能带的东西尽量都带走。这似乎是她和景崇文从结婚到离婚后,她第一次听从了他的建议。儿子把车开到她面前停下了,景崇文往后备厢里放箱子,她开了车门爬上去。儿子并不看她,眼睛看着别处脸色苍白,脚上穿着暗红色深筒雨鞋。她说,你们出门时下雨了?儿子启动车子,淡淡地说没有。她沉默下来。

车窗外枫树红得透亮,明晃晃的阳光让枫树有一种无法言说的生命力。儿子冷冷地说了句,你来的时候,是温哥华最美的时候。她看着窗外,心里涌过一阵难以言说的感觉,温哥华最美的阳光和景色都遇上了,这让她的内心如同打翻了五味瓶子。那天晚上,儿子上床前问了她一句,你累吗?她说不累,你感觉好些了吗?儿子不说话,她看着儿子把白色的药片从几个小瓶子里倒出来,放在一张纸上。吃完药的儿子依然一句话不说,不远处开过的天车,在轰隆隆的声音里闪着灯。

七

儿子说学校没有课带他们去逛一下。她本来很累,想着儿子愿意去商场,就显出很高兴的样子。两个人走在商场里,看着儿子瘦得背脊弯曲肩膀歪斜的样子,心如针扎。儿子买东西付钱时,手都是抖的。脑子里映出这一幕,她的心也会发抖。她明白这些年儿子受了很多苦,儿子知道她这些年挣钱挣得并不多,用钱时总是算了又算。读研也是半工半读,平时还跑很远的路给中国学生补英语,一次课就挣三百人民币,依然风雨无阻。

每次出门,景崇文总是跟在他们后面,远远地看着他们。儿子去学校上课会很晚才回来,吃完饭她和景崇文出门散步,两个人不说话,景崇文在前面走,她跟在后面。他们住的区域四通八达,没有方向感的她生怕自己走丢了,只能远远地跟在景崇文后面。这时候她会打开手机流量,边走边给在国内的他打微信电话。有时候她也看见景崇文在打微信电话。他们都有了各自亲近的人,平时在屋子里地方小,打电话不方便,只有出门时各自拉开距离才能打个电话。

沿路到处是花,梨树可以盘绕弯曲地顺着栅栏长,果子嘟噜噜地坠下来,鸟和乌鸦在树林里成群地飞。雨天乌鸦铺天盖地让人惊慌,就是在屋子里也能看见它们黑密密地飞过。

他们住的地方有两家超市,富人超市离得近些,儿子带她去过两次,比起较远的那家穷人超市,她宁肯多走些路,东西会便宜很多。在国内时生活简单惯了的她,变得精打细算起来,连多买一份奶或者要不要买一份豆腐,这样的事都会犹豫不决拿起来又放下,有时候哪怕开始排队了,她都会固执地跑回去放下。

每次去超市,她走在前面,景崇文跟在后面,不紧不慢地拉开一段距离,买完菜他就提着,依然是跟在后面。有时候她回头去看他,他郁郁地走着感觉像是被丢在道路上的枯枝。她想,老了,我们都老了。年轻时两个人也有个梦想,也相爱过,也曾想齐心协力将儿子培养成人。现如今已成陌路的彼此,在遥远的异国同在屋檐下却不说一句话。吃饭时他总是错开她,有时随便喝点牛奶吃几块面包,她想给他说面包比米饭贵,他却没有给她任何说话的机会。儿子出去后他就蜷缩在沙发的角落,天气好时就整天坐在阳台上看视频。

她喜欢花,每次进超市总是会在进门处的鲜花前看来看去,为了给自己带来简单细小的喜悦,让终日堆积在心上的郁闷被短暂地驱散。之前她买过两盆花,他们住的屋子里有了花,就有了家的感觉。加国的花跟国内相比贵了好几倍,她每次只是看,让花的颜色使自己获取片刻的温暖。在这个语言不通、儿子又时好时坏的状态里,只能自救,她想。

她给屋子里的花浇水,在屋子里用吸尘器吸地。而他就像什么也没听见和看见。她想起来了,他们就是这样离的婚。这应该是原因之一吧。

八

加国的冬天很快就来了,从窗子看过去,对面的屋顶上铺了层厚厚的霜,乌鸦比秋天更密集地飞过,下午四点天就完全黑了。每天早上儿子去上课后，不用买菜的时候，景崇文依然坐在阳台的窗子边看视频。她沿着屋后的那条长满杂草杂树的路绕上两转，用手机拍下在雪地里惊飞的鸟和那些长着未落尽的红叶的盘绕弯曲的树，认真地看树下盖着的细密的网。很多次她都想问一下儿子，那些房子的主人，为什么要在树下铺一层这样的网。她想过是为了不让鸟把草的根刨出来，她也知道这并不正确。

儿子总是不说话，早上出门前她给他做好午饭，用一个便当包装好，把洗好的梨和西红柿放在灶台上。儿子每天晚上十点下课，回到家已经近十一点。外面的雪很大，她站在灶台前把白天剩下的饭菜收拾完。天车从窗外闪过，雪地里映出车厢的灯光，它们一次又一次地呼啸而过，对于她却像是陌生的旅途，既遥远陌生，又不可思议。

她站在灶台前看着外面冰凉的雪景，以及如电光闪过的天车，那些坐在天车里与己无关的人来来往往地飞逝而去，拿起梨子心里想着被夏天的太阳晒出红色的梨子挂在树上的样子，咬一口，使劲去体会炎烈阳光曝晒下的果子，一股脑把异国阳光吃进了肚子，以后也有个念想。

九

儿子开车带着她和景崇文去了一趟中国超市。超市很大人很多,基本都是中国人,也许有韩国人或日本人难以分辨,也难说他们不来中国超市买价钱便宜的东西。熟悉的人群、声音和方式,让她一下子觉得又回到了中国。她如同在国内时一样,买了很多的东西。中国超市离他们住的地方远,来一趟不容易。很久没有这样大手大脚地花过钱了,心里觉得痛快。

上车后她把座椅朝后调了一下,使身体半躺在座位上说,以后要经常来这儿买菜,都是我们喜欢的种类。儿子开着车,导航正叽里哇啦地引导着路线。车窗外的房屋在积雪覆盖之下,显得低矮。车内空调的温度升起来,使她昏昏欲睡。

很久没有如此放松了,一直以来身体和精神被束缚得太紧,肌体处处膨胀欲裂。她感觉身体被什么托起飘浮在空中,四面金光一片,很耀眼。隐隐约约中她能听到车子急刹时,儿子焦虑难耐的喘息声,像风裹着沙。

儿子说话的声音很远,景崇文说话的声音也很远。他们俩像是在吵架。他说,你看不见红灯?儿子就把车开得更快。你闯红灯了。我不是故意的。你就不知道小心点。已经冲过去了。前面有车,人家已经减速你看不见。你闭嘴。儿子的手抬了起来，抱住头，车身偏离了，一辆车飞快地与之交错而过，儿子的手重新回到方向盘上。景崇文说你疯了。你闭嘴，再不闭嘴，就没有后悔的了，你们信不信？你冷静点。闭嘴，不是你们要来买菜，会有这些事？

然后是一片寂静，只有偶尔经过的喇叭声，也很远。

她是突然醒来的。车子正好开进车库大门，卷闸门拉开的声音里有一长串语音提示，大门外贴有一张中文提示：进出时，请务必关好电动闸门，防止闲杂人员乘机入内。她不知道语音提示了什么，明确地感到中文提示的歧视性。

车子在越过减速带时上下地歪了两下。没想到原本空空的车位，多停进了几辆车。也就是说儿子之前进出车库时，周围的车位都是空的，现在车位两边停满了车，因为是周末。儿子焦虑起来，问她，怎么办？她说不急，慢慢进去再倒车。儿子说，怎么能不急，我根本倒不进去。

看来儿子确实无法将车倒入车位，由于紧张儿子已经将车卡在两辆车之间进退两难。她说，不急，我们先下车，让你爸倒，他技术好。儿子从车里出来，他们从后备厢里取出菜退到边上。

景崇文坐在驾驶室里开始慢慢将车往车位上倒，他倒得很稳,眼见就要到位了,就在那么一瞬他忽略了后视镜。哐哧一声,后视镜被隔离的柱子剐了下来,与此同时她听到了儿子的惊叫声。随着声音儿子飞扑过去,趴在车的引擎盖上号啕起来。她靠前去抱住儿子,她感觉到儿子浑身像触了电似的。儿子吼叫着甩开她说,车是租的,你们让我怎么还车?你们知不知道要赔多少钱?路上又闯了红灯。

她朝后退了两步,又试图朝前去抱住儿子,希望儿子能安静下来,她说没有关系的,不就是赔钱吗?她万没有想到这句话彻底激怒了儿子,他像是被什么东西突然击中,转过头来盯住她,两只眼睛红得像是要喷出火来,长号着冲向她说:赔钱?你们有钱赔?你们想过这几年我是怎么过的吗?

儿子撞开她左冲右突,开始扯开买来的东西,朝着她和景崇文一阵乱扔。车库里回荡着儿子咆哮的声音、砸东西的声音。她和他一脸一头满身被儿子扔得无处可逃,儿子还用苹果打向他们。车子玻璃上泼满了牛奶。景崇文气得要去打儿子,她抱住他说你没看见儿子生病吗。他高声吼着说都是你养出来的好儿子,他有什么病?都是遭雷打的疯病。她死死地抱住他说,我们儿子的病你一直看不见吗?我求你了。

这时一辆车缓缓地驶进来闪着车灯,停下来的时候,她突然明白了什么,甩开景崇文,冲上去抱住狂乱挥动双手的儿子说,安静点,安静点。儿子两眼朝上,只留下眼白。

车上下来两个穿制服的警察,一男一女朝他们走过来。景崇文也反应过来,上前来抱住儿子。儿子还在哭闹挣扎,他们紧紧地抱住儿子。她看见警察踩破了滚在地上的西红柿,朝着他们走来,她的耳朵里灌满了声音,振聋发聩的声音淹没了整个停车场,淹没了被警察扯开时的痛感。

十

不知是过了一天还是两天,抑或是三天,她从里屋出来看到景崇文坐在阳台的玻璃前,他像是突然间老了,缩去了身体里所有的水分,如同一匹腐了的玉米秆,枯朽荣盛都消散了。有那么一瞬她甚至怀疑他是否还活着,于是她的心痛了。她知道他比她更不能承受这突如其来的打击。景崇文从头至尾都不知道发生了什么,现在的一切来得太突然了。

房间里没有开暖气,很冷。她找来一件外衣给他搭在身上,然后在他身边坐了下来。他说,到底是为什么？

她双手抱头说，儿子病了，一直病着。

他仍然没有动，仿佛一动就会垮掉似的。到底是什么病，为什么不告诉我？他的声音不像从他的身体里发出来，倒像是从远处飘过来的。她说，抑郁症，而且是重度，还有焦虑症。

是的，为什么不告诉他呢？在儿子成长过程中，从来都是报喜不报忧，她早就习惯了隐藏不好的那一部分自己去承受。他们为夫妻时，他不能接受儿子惹是生非，在学校犯一些孩子常犯的错误，无论是考试还是与别的同学发生什么，她都不会如实告诉景崇文，他被不在场了几乎一生。

她看见他开始哭起来，像个婴儿那样哭起来。她俯下身去试图握住他的手，却突地扑向了他弯曲颤抖着的双膝。她也哭了起来，像他们年轻时那样，拥抱在一起痛哭一场，也许一切就又有了一个新的开始。

屋子里没有开灯。窗外，天车呼啸而过，亮着灯的车厢里几乎没有人。天车闪烁在大雪的夜里，一次又一次开向她并不知道的地方。

再来
一次

一

那年秋天,你给我打来电话,问我们是否能再试一次。飞往上海的机票是下周四,希望我能去浦东机场T2航站楼接你。你表示去哪儿都行,去那些我没有去过的城市,只要和我在一起。

再试一次。确切地说,我不知道我们是否能重新开始。要忘记美国发生的一切不容易,我回国的决定不是一蹴而就,这已经说明了问题。

前一天预约了出租车,凌晨四点准时在楼下等我,车还是晚到了。我们在每一个红灯前停下来,没有车和人的上海街头,这样的停顿显得没有必要。司机显然是前一夜在车里睡了一晚,车里弥漫着人睡着后皮肤分泌出来的腥味,副驾驶门边上塞了两个压扁了的娃哈哈矿泉水空瓶。我打开窗,风把人吹醒,放眼望去路灯如闪烁的长龙,一直排到了浦东机场。

国际航班下来的旅客熙熙攘攘，行李过长的等待让他们疲惫，五颜六色的 PVC 材质的拉杆箱被搬上手推车，沉重地推向地下停车场，我与他们反方向而行。隔着很远的距离，我看见了你，你在人群中显得尤其高，高得甚至有些离谱。你比我预计的时间到得要早，这打乱了我之前设想的阔别后再见面的方式，以及在等待你从门里走出，如何迎接你的方式。你恐怕当时也这么想：这个人就这样从我的生命里消失了。他在地球的另一边，而我在这一边。我们分享的不再是同一个白昼，他的一呼一吸不再与我相关。

清晨，风很清凉。你的穿着符合季节，一件军绿色的防风衣，下面是黑色的李维斯牛仔裤。记得买这条牛仔裤时你还有些微胖，后来你瘦了，这条牛仔裤的腰围就变得有些大，我们送去裁缝店改小过。那天回去的路上，我们路过一家卖游泳用品的商店，店员正在擦拭玻璃。看到我们正在看橱窗里模特身上的条纹方领泳衣，他放下手中的清洗剂，对我们招了招手。最后我们出于在店里逗留的时间太长而感到不好意思，买下了那件贵得离谱的泳衣。

你知道的，我已多年没有在野外游泳，水下总有我惧怕的东西。光斑折射到深绿色的水草上，让它发亮。湖里漂浮着水淹死的虫子，水还没浸湿它们的翅膀。你从八岁就在那片湖里游泳了。你告诉我每年夏天你的祖父母都会带你来法国住上一阵。

那时你学会了法语。他们住在远房亲戚家,根据你的形容,那座大房子像蓬皮杜艺术中心一样有着超现实的魔幻之感。纯白色的砖墙让整个建筑显得像个气喘吁吁的魔兽,如同一个裂了的蛋壳,碎在城郊外三十公里的地方。祖父母去世后,你已经很多年没有再回去。

你问我是否知道,尽管你的祖父已经退役多年,他过世时举行的是高规格的海军葬礼,用国旗覆盖他一半的身体表示庄严。还有你的祖母在"二战"时期训练美国的伞兵,你感慨道,伞兵跳下飞机的存活率不超过百分之七十五,完全属于自杀性行为。我能感受到你另外那部分沉默里,没有表达出来的骄傲。

我看过你祖母的照片,她不像一个军人。眼睛似乎在年轻时度数就很深,她的眼睛在镜片后面会放大。她喜欢穿有黑白波点的裙子,裙子上面收得很紧,雪纺材质的下半部分像降落伞一样向四周散开。她穿着肉色的丝袜,头发是羊毛小卷。你能从照片里面看出来她已接受自己的长相普通,所以没有故作姿态。在那些照片里她只有简简单单寥寥几个坐姿,喜欢在草地和公园的长椅上拍照。

Iris 是你祖母的名字,和"鸢尾花"的英文一样。每年九月初,你会用草木灰给刚分株好的紫色鸢尾花的伤口杀菌,又将它们顶部的叶子适当地剪掉。你将那把红色沾满泥的剪刀递给我让我放进旁边的花盆里,我看着你在阴天里把紫色的鸢尾花成排地在房前的花园里插好。花瓣上沾着刚喷洒上的水,像晨露一样剔透。我笑着说,你把祖母种在自己的院子里的想法有点吓人。那时候我们的关系很好,什么话都能说。后来就不一样了,我们的对话总像卡在了某件容器里,生怕说出来就碎了,因而惹怒对方。慢慢地我们谁也不想多说什么,只谈些简单的事情。

二

你站在九号出口,军绿色的防雨外套拉链没有拉到尽头,里面蓝色的格纹衬衫露在外面,你把衣领立了起来,飞机的空调开得或许有些冷。你低头看着手机等待我的信息。见我没有回复,你又在手机上打些什么,显得有些不知所措的惶恐。

隔着很远的距离我叫着,万斯。

从我旁边推车而过的旅客回头看我。我又叫了你一声。你抬起头,除了因为见到我,还有即将在异域开展的旅途使你欣喜。你说，这是你的故乡，在这里你会感到放松、做自己。一切都会好起来的。我们可以重新开始。

一段新的旅途，能让人忘记过去的事情。一个多好的想法。另一个国家就是另一个世界。好像我们都能重新变成另一个人。你过去就常说，那个在中国的你，这个在美国的你。

我点点头。没有否认你的期待，我想给自己一个机会。"再来一次"这四个字让我感到前所未有的如释重负。它意味着新生，意味着空白和干净，意味着一切的一切。

那些天，我们走在南京路上，我仰头看见你头发鬓角被汗液沾湿，捋到了耳根后面，棕黑色的碎发遮住了你一半的耳朵，你的耳垂薄薄的一层，在有光的地方能看见那层皮肤红红的透着一点模糊的光。你戴着太阳眼镜，嘴里在嚼着口香糖，竟然有一种我从前不曾见过的轻快帅气，让这一切显得很不真实。

这里让我们感到惬意，像我们刚开始那会儿。仿佛时间让一切都回来了。认识你时我刚满二十二岁，时间过得真快，那是我最好的年龄。

那些年我们保持着每天写信的习惯，有时候甚至我一天能收到你的两封信。我从超市回来将购物袋放在玄关,直接走进书房,打开电子信箱,反反复复点击右上角的"刷新"键好几遍。它们总能给我安慰,之后我才能安心地又回到之前做的事情上——将放在玄关处的果蔬肉品放进冰箱。夜晚降临,准备晚饭。当刀锋利地将洋葱、土豆一分为二,再变为碎块,连着早磨好的羊肉末混合着罐头番茄酱和半瓶红酒放进锅里,我才洗干净手回到书房,又重读好几遍你的信。

等待回信的过程往往让你倍感煎熬,你会在之前打来电话。在电话中,你会问我信写得怎么样。你对待它们的态度像是对待文学作品的创作。你会在电话里读上一段拉克洛的《危险关系》。那本书我至今没有读完,不知道是翻译的原因还是其他,中文译本的评价很低。我问你知道吗,这信件里的秘密让我想起王尔德入狱后写的第一部情色小说,那最初包含着痛苦却平静的开场。我能听到你在那边用开酒器,"砰"的一声将红酒的木塞抽出。

我想这就是你迷人的地方,在你这里事事都能够得到回应,极少有人知道你对艺术和文学的热爱。即使我讲了一部多么名不见经传的作品,你也能背诵出它的开头:"他打断我说,Des Grieux,从头讲讲你们的故事,告诉我你如何遇见了他。"

过去的事物好像被泡在海水里，零度以下的水温将带有色彩的一切冻结装进某个瓶身一直下沉。那条长达两小时从机场下来回家的高速公路变成一道光线，好像能直达家门口刚洒过水的蓬勃的绣球花。一切在我的脑子里飞速运转。无数个下午，浓雾散去光影逐渐汇入大海，蓝色和绿色融在了一起，阳光变得很低，从云层后端直射下来。车里的遮阳板需要从前方挪到侧面遮挡刺眼的阳光的时候，车辆正慢慢地驶入那条在火车站旁边的蜿蜒小路。那儿，同方向的双车道变成了单车道，入口处的速度从之前的八十码降到了四十码。转过头，这条路离水域很近，能清晰地看见水里黑色的海草，同背后重重叠叠的远山一起显得高大而俊朗。

好像我们真的能在他所谓的这个世界，在重重叠叠的远山中重新开始。那些年，你从很远的地方来看我。我长期坐在一扇窗前等你，天阴下来时会有些凉。晚上八点天空还有一丝亮光。我总在饭后散步，赶在八点回来，打开邮箱或坐在窗前听着远处的蝉鸣。那时候，前一天还没有成熟的树莓，下过一场雨后，第二天就可以摘了。我在院子里搬动石头时，看见一条蛇、两只蜥蜴。我住在一楼，光线暗淡，书桌面前的窗外挂着吸引蜂鸟的饮水瓶，它们来时能听见羽翼的振动声。长期没有见过一个人，也没有和人讲过话，我的屋子背后是茂盛的树林。

三

上海，九月的风从裙角吹过。这样的感觉很好。重新开始。好像过去的问题都不存在，或者没有发生过。没有过背叛没有过歇斯底里，没有乞求祷告，没有碎片，更没有一去不回。

夜里很凉，睡梦中我感觉到你靠了过来，你的鼻息侵入我的肩膀。我完全地醒了，却没有动，你似乎也感受到了，你将手轻轻地搭在我腰部的凹陷处，而后将我抱紧，离你更近一些。我能嗅到那种熟悉的木屑似的杏仁果壳般香味，这个味道让我想起了我们过去浴室里的沐浴露。你问我是否还爱着你。是否能重新开始。

重新开始。中国的旅程已经过去一半。我们从上海出发，到达西安看兵马俑后再出发去敦煌。天亮时分我们坐上出租赶去机场，夜晚和清晨相交接的色彩如同敦煌壁画中那些从异域来的瑰丽的蓝靛。在车里，我们聊一晃而过的车辆、上海道路两旁的建筑风格和租界的梧桐树。让我们伤痛的事绝口不提，好像那些事都不曾发生。

这是你第一次踏上亚洲的土地。这让我想起有一年你曾有机会外派到西贡去，你在电话里和我商量此事时，我已回到中国探亲。那些年你总想找一个中间点，找一个都不是我们彼此故乡的地方和我重新开始生活。在网络信号断断续续的通话里,你极力说服我西贡不会太差,杜拉斯就曾在那儿生活过。又补充说,你可以想象湄公河上一年四季棉质的裙子和遮阳帽。那时候好像阳光真的就快要照进来了,我想象我将离自己熟悉的那片大陆更近,那些在空中飞来飞去、凌晨抵达中国的航班不止在我的梦里出现过一次。

我告诉母亲我们会搬去西贡时,我正陪她在院里遛狗。我们在金黄的梧桐树下停了下来,秋叶挂不住枝丫,风一吹,树叶飘过我们的头顶,落满了地面,有的树叶很轻盈地席卷朝前,有的竖着嵌进了人行道的地砖里,等一阵风来。母亲问我,你们会结婚吗?我说,会。她说,你知道我不会原谅他曾经那么对你吗?我说,知道。之后她牵着她的那只比熊,不紧不慢地朝前走着。我跟在她的后面,我知道她有些什么话想说,或者想问。坐下来谈谈,这件事一直到我回美国前它都没有到来。就像我从未问过她当年手术后是如何恢复的,有没有人照顾她,这些细节我竟然一点都不想知道。因为它们不可以修改,不可以再来一次。也幸好它们不会再来一次。

这些年,我不是一个合格的女儿,你是知道的。五年前的中国新年,我带着你去中国城,带你去看剪纸和灯笼,在路边等待着舞狮队经过。我们在那家叫"豪丽"的海鲜酒楼吃了新年晚餐,你把那些糕点和小笼包等混为一谈，都称它们为点心。在英文中，中国的新年有一个特别的称呼，它的直译与月亮有关。

　　那天晚上，我们许了三个新年愿望。当新年的钟声在中国城响起时，当那几间发廊前的三色螺旋灯再次亮起，那些灯光透过灯管闪烁着奇异变化的色彩时，那些天里，没有一个人告诉我，我的母亲正在国内，躺在病床上为一场切除手术做准备。我不知道她甚至已经将写好的类似遗嘱的信交给小姨，让小姨在意外发生后，将信寄到美国。那些天，没有一个人打电话给我，告诉我这一切，我在异乡的道路上走着，望着夜空中的那一轮陌生的月亮，"团聚"这个词好像挂在这个硕大的金黄月亮之后，仿佛离得很近。

　　去西贡。那里好像就是我们最后的避难所。在那里我们俩共同开始，把历史抛在脑后。这样想来，我们不仅仅只尝试了一次重新开始。

　　你的家人和我父母的情况一样，在我们已经做了决定后才接到通知。从好几次你和他们的通话中，我得知你父亲大发雷霆，他们用各种理由都没能阻止你，你向他们保证你会在每年圣诞节和独立日前回到他们身边。

　　你的父母对东方一无所知，更别说像西贡这样的地方。他们甚至不知道那是哪个国家。他们待在这个国家的时间太长，永远被无知的所谓的上层社会围绕着，除了欧洲和北美,其他地方都是第三世界。而他们从你祖父母那儿继承来的财产一直容许着他们保持着这样的无礼与自大。

你也许不知道我知道他们对我有偏见。你总把我们隔绝开来,你从不告诉我,你母亲或者父亲怎么看我。这已说明了很多问题。那年感恩节我第一次跟你回去看望父母时,他们尽量节制着打量,在餐桌旁你父亲给我递餐具的时候,他试图不经意地问我是不是共产党员。吃饭前,他们拉住我的手,开始做祷告,而你家大部分的人都是虔诚的天主教徒,尤其是你姑姑,有一年龙卷风将要席卷她当时住的度假酒店,她竟然站在阳台上对着龙卷风祷告。最后她告诉我,龙卷风因为主的意志被挪走了。

你的父亲五十岁因为外面的情妇离开了家,六十一岁生日一周后才又再次回到这个家,你的母亲接纳了他。对他回来的理由,你母亲没有仔细过问,像过去那样生活。她说,不必问,他知道他回来的原因。你隐约怀疑过父亲在外有私生子,那个女人的名字叫作"Lou",她的丈夫不知道那些不是他的孩子,他像爱自己孩子那样爱他们。你远远地见过你同父异母的兄弟向你走来,你说你们长得出奇地相似,你说,"这是件可怕的事情"。

你爱你的母亲,母亲在那儿是你回去看望他们的唯一理由。但就是我们感恩节回去那一年,你得知你母亲投票给特朗普后，那年圣诞你拒绝回家。她将你抛弃家庭的事怪罪到我头上，多次向你姐姐称我为"那个女巫"。我彻底地将你从他们身边带走了。

我们搬到西贡的前一个月，你的父亲在某一个夜里过世了。收到他病危消息的时候，我们正开车赶去机场。那是冬天，海浪的呼啸比风的呼啸要猛烈，当那些晦暗的回音混合着雨拍打着车窗，倦怠的夜晚我们不敢试想航班是否能够按时起飞，我们只能把自己交给他们。

你姐姐打电话来，通过车载音响，她哀求的声音环绕了整个车的空间。这本是一通私人电话，告诉你情况极其糟糕，你们的父亲快不行了，他想见你最后一面。他听到你姐姐正在给你打电话，他试图再请求你一次别去西贡，留在这里，可怜可怜你年迈的母亲，你姐姐说。她的声音短促无力，当她意识到我也在同你一道赶去时，她把"你"换成了"你们"，极力克制住了自己的悲伤，询问我们的航班几点到达明尼阿波利斯机场。

他弥留之际等待着我们的念头令你无法忍受，你打起左转弯灯，在高速上的游客休息区停了下来，我发现你在颤抖。这些年你尽量减少与父亲的对话，面对他在你成长时的缺席，这是你认为最有效的惩罚。

每一年你看着他萎缩下去，在你怜悯他时告诉自己不必，因为这是时间使然。这些年你都忍住了，他的疾病你是知道的，即使预演他的离去无数次后，当它真正来临时，你怎么也没设想到自己的崩溃。你轻声问我，能不能换我来开。换到副驾驶座的你对我之前调试的座椅感到不适，双腿预留的空间太少，你的背夸张地朝前倾斜，让你的双手必须支撑在某处。我转头看你，你提醒我目视前方。电话再次响起，屏幕上显示612，是明尼阿波利斯的区号前缀。这一次是你母亲，她说了几声你在吗，你尽量靠近车里的话筒回应她，妈妈我在这儿。她确保你在电话这一头后，她沉默了好一阵。我们先听到她抽泣时长长的呼吸，接着是她的放声痛哭。在电话那头我们听到姐姐试图抱起她，那边变得嘈杂而混乱。这也是最后时刻的混乱。

你让我掉头，不去赶那班已经抵达西雅图机场的飞机。你决定不去看他，你连着说了好几句脏话，你的愤怒几乎大于你的悲伤。他又再一次抛弃了你先行离开。

四

一周后，在敦煌。谁也没想到你穿着刚到上海那天的那件军绿色的风衣躺在了担架上。你父亲临终前的面孔再一次出现在我的眼前，就好像他们当年阻止你来东方的预言已经成真。我想在他最后等待我们的那些时刻里，他应该也像你现在这样虚弱，对事物感到恐惧的同时竭力维持着人性的尊严。

我不知道为何生死的问题总像排列组合一样意外地出现。我接二连三地经历了母亲的病痛、你父亲的离世，如今是你挣扎在异国的土地上吉凶难卜。考验总是接踵而至，让我不止一次怀疑它们到来的意义。我曾问过你，西西弗斯石头的存在是不是只是为了压垮他？我想时至今日，你仍无法回答这个问题，而我也不能。

你的外套有好几处很深的刮痕。我不敢给你脱下来，只好将衣服微微打开，你珍珠灰的毛衣露了出来，我又将你里面的领口解开，好让你的呼吸顺畅些。你的毛衣上沾满了沙，我每拉动一次，沙都会从里面的衣服掉出来落在担架上。你用手臂搭在脸上，想要遮住自己痛苦的脸不让围观的人看到。你是外国人，更加引起了路人的好奇和注意。他们凑近把我们围了起来。我握住你的手，问你是否感觉到疼。这是在你父亲去世后，我第二次见你情绪崩溃。我安抚你再忍一忍，救护车很快就到。

撞到了一个外国人。这句话从护士的嘴里又传到医生那里，等待我的确认。

肇事司机不知道这次旅行对我们来说意味着什么。

他歪戴着太阳帽正好挡住他的眼睛,他在不停地舔上嘴唇。刚刚所发生的一切都像梦一样,事情就是如此。核磁共振的机房外排队等待的还有一些老人,盯着医院的电视新闻里播放的车祸事故目不转睛,显示屏上的数字在不停地滚动刷新,像是随时间更替的方程式。

医生简单地询问了我情况。我告诉他我们从上海来此地旅游,你是外国人不会中文。他从办公桌上拿起圆珠笔递给我让我签字,通知我拿上单子去一楼办理住院手续。

在我们从急诊室出来,去往住院部的路上,你在担架上感到有些冷,问我是否能取出背包里的那件棕色羽绒服给你盖住肩膀。你拿出手机,叮嘱我联系你在美国的秘书,你知道我无法在突如其来的打击下处理好一切。

住院部没有了床位。医生把自己平时值夜班、只有十五平米的办公室腾了出来,加了一张病床。他们把你推进去时,你依然穿着那件风衣,医院白色的被子盖到了胸前的位置。我又拉了拉盖在外面的那件棕色羽绒服,它口袋里装了什么东西,因为重力一直在让这件羽绒服往下滑动,口袋里方形的法兰绒小盒子露出了一个角。你看见了我的目光在注视着什么,而我只是将口袋没有拉好的拉链拉上。这个动作似乎让你松了一口气。

你指了指吊瓶,问我里面装的是什么。我告诉你是消炎药。最初你总是制止准备往你手上扎针的护士,先问我他们给你注射进去的每一种药物药名,站在床边的医生也耐心听我给你解释,那些药名都写在吊瓶上贴着的单子上了。让人难以置信的是,他们,尤其是年轻的医生总喜欢听我们说英文,这也许让他们觉得是曾经在学校里学的英语唯一的一次学以致用。他们会在我们的对话中挑出他们听得懂的那些单词重复着又对你说一遍,比如说 needle,比如说 pain。他们希望从你的眼睛里得到回应。

傍晚过后,你不再询问,你痛得厉害,只要能让你好一些,你希望他们能注射些什么到身体里来减轻你的痛苦。之后你昏昏沉沉地再次睡去,我握握你的手,表示我去酒店取了我们的行李就回。

肇事司机一直站在医院外面,司机的领导也来了。领导的皮肤和肇事司机一样,因为长时间户外工作显出来的焦糖色让人产生疏离感。他们愿意先送我回酒店取行李,之后再聊事故的细节。他打开副驾驶的车门,让我坐前面,告诉我后面容易晕车。上车后,他们试图让我放松,聊些轻松的话题,聊敦煌近几年旅游业的发展、前几天罕见的沙尘暴。你知道,我已经筋疲力尽。

车窗外的黑暗与树木融为一体,敦煌千年的壁画一一显现,越来越近越来越迷离,毗楞竭梨王本生暗红的画面突兀的黑白肉身千钉钉其身的涅槃，飞天褪色的画面衣裙飘曳横空而飞处开花飞落，面对缭乱零星闪过的一切，我不知道如何回应。

我拿着医院开的证明去退酒店当天的房费，大厅黄色的灯光让人感到抚慰，前台的接待员对医院开出的佐证深信不疑。她拿起POS机，打印退款的发票，并从领口前取下她的圆珠笔，让我确认签字。对这次事故她并不关切，她说着模式化的地方普通话，72个小时退款，自动到账，留意查收。她将那张商家保留的小票，用黄色的小燕尾夹和其他的小票放在一起夹好，垫在了她厚重的计算器下面。她又回到刚刚坐的位置，继续着我们进来之前她未打完的那通电话。

从前台出来到住宿部需要走一段路，我们出来已是深夜。我仍然想不通这一切是怎么发生的。

房卡在门锁前刷了两次才开。我推开门，床上的被子和房间还没有被打扫过。我们是下午出去的，出去的时候，你还用笔在我们的一张合影的背面写下小小的一行字：Mon Chéri。

我把你放在衣柜里的衣服试图塞进行李箱，你最近新买的衣服已经塞不进去，你的两套西装、几件白色衬衣、领带还有棕色的编织皮面的皮鞋只能堆在了床上。肇事司机表示他可以给我从车里取两个购物袋上来装你所有的衣物。他好一会儿才上楼来,回来时,他身上有浓郁的尼古丁味,混合着他没有吃晚饭胃部散发出来的味道,让我觉得自己坐在一列绿皮火车上。他似乎有一些心事想要在我这里取得确认。他开始问我你的名字和工作。我收着东西,始终保持着沉默。

五

母亲听说你受了伤,尽管我极力避重就轻,她还是从我的语气中猜到了车祸的严重。她沉默了很久,我甚至听到她在电话那头哭了。她问我,你将来还站得起来吗,我没有回答她。这个问题我自己也不愿面对。我说我不知道。

挂了电话她即刻买了第二天到敦煌的机票,并在购票之后通知我,让我将医院的地址发给她。她知道我一个人难以面对这样的打击,无法在打击的过程中还要面对烦琐的一切和手术。我没有照顾过病人。这些她都了解。我知道她的目的不仅是来帮我,她想在一切结束之后把我带回家。她无法接受女儿将自己的后半生消耗在照顾一个残疾人上。我想你一定能原谅她的自私。

我仍然不能接受母亲贸然而来。我能想象到母亲来了之后的情景，她会将一切打理周全，在某个清晨带着我与你告别。这就是结束。

我竭力阻止了她。好在她的飞机还没有到敦煌，就因为天气迫降在了重庆。这样她离敦煌更远了。离她的家也更远了，她在天上飞了一整天。坐在一个角落给我打电话说她正在等飞机起飞的时间，说她坐的地方正对着一丛紫红的菊花。我恳求她再给我一点时间，一些独处的时间，我安慰她让她放心，我知道她的意思。我只能向她保证，一切都会没事的。我会找一个护工。

而这一切，我从未向你提起。

她始终相信是你带走了她的女儿，她甚至对我说出我跟你回美国后，我们就再也别联系。你知道她如何将我养大，你知道她对我付出的一切。在你们俩之间我无法选择。我只能乞求我的母亲原谅我。在她看来我已经做出了选择。那些天在我的故乡，我感受到自己被驱逐，正在被无法原谅。

我承诺她，等我处理好这一切，我就会回家。没有人知道那是什么时候。我第一次感受到沙漠上画满了神秘的图腾，而那个关于日期的秘密就在沙漠深处的皱褶里。

后来我的母亲，拒绝再和我对话。她坐在陌生的角落继续等她的飞机，只是方向又变了，她得朝着家的方向飞。凌晨出门时也许她还满怀希望能将自己的女儿带回，她是怎样在仆仆风尘中笃定我重回的结果，我没对你说过，你不知道。

六

护工来了以后，我轻松了很多。她每天会用毛巾为你擦拭身体、按摩、帮你翻身，怕你因为久躺而身体长疮。在你深沉昏睡的时候，她也会当着我的面把被子掀开，让你赤裸地露出下半身。情急之中我对她喊出声来制止她，告诉她不可以让你赤裸在外。她平静地告诉我，如果不这样清理的话，你的痛苦会比露出来多上很多倍。我不看她，尽量让这一切停留在医学的层面。

午后，等你吃完了午饭，她会有一个小时的休息时间。她很少出病房。她会和我聊一些过去的生活。她告诉我她之前在上海照顾病人，她告诉我她有一段失败的婚姻。她说警察总在找她。这让我担心。万一警察找到了她，我就得再去重新找个护工。她问我如果你站不起来怎么办，我告诉她我不喜欢这个假设。她没有在意我的不适，问我母亲是否能同意我一辈子照顾一个残疾人，我说，是。

查房的医生敲开我们的门，让我跟他出来，我表示我们可以不用回避万斯，他听不懂中文。医生豁然开朗似的笑笑，从白衣口袋里拿出他的红外线灯筒和他刚拍出来的X光片。X光片上分别是你的背面和侧面的透视图。你的骨骼很大。侧面的右上方还照出了你绿色防风衣的金属拉链。他娴熟地用红外线在片上扫过去又扫过来，在重点的地方圈了几个点，就是这里，骨头断在里面了，爆裂性骨折，要清理干净，放一个钢板进去。

我答应他们手术的事情会和你商量，他们说你看着办。手术第二天就可以安排。你从我的神情中感觉到不好的事发生了。你焦虑地打断我和医生的对话，并要求我立刻给你翻译。我拉着你的手，转头问医生，你们之前做过这种手术吗？他说没有。

一场手术。后遗症。站不起来。这些词你一直在重复着。你问我想不想你做这个手术。不做又怎么办呢？这里的医疗条件不是可以让人放心的，伤口感染或是操作不当，都有可能带来终身的遗憾。

连着好几个晚上你的情况变得很糟。止痛药已经不再管用。值班室里只剩下一个医生，他让护士给你调来了呼吸机，我问他能不能再给你一剂吗啡。他说早上已经打过了。他说如果我们同意他可以试试在你的膝盖上做针灸，能缓解你的一些痛苦。

我们同意尽快给你安排手术。他们会从市里调一些专家过来。虽然没人做过类似这样的手术,但是他们承诺会尽他们最大的努力。

七

好在第二天你的秘书带来了好消息,他们会在你手术后尽快接你回美国。但首先是要确保你在一个相对健全的医疗环境下,重症飞行转运的公司会将你接到北京的外资医院接受检查和适当的保护性治疗。可以离开这儿的想法让你在手术前又燃起希望。你在手术前的时间里突然变得状态不错。你学会了如何自己躺在床上,打发你的空余时间。你又重新开始听你的电子书,只是内容不再是我们来敦煌前,你聆听的那些关于中国的历史和艺术。你让护工将你的床轻轻摇成四十五度角,让你能看到窗外的阳光。尽管那些你真正醒着的时间维持不了多久疼痛就会向你袭来,你依然坚持那样做。

在我日日夜夜的守护里,你担心我在手术室前来来回回、不安踱步。你说在我等待你做手术的时候,让我去找地方将行李箱里的衣服拿出来干洗,以备回去时好穿。你提出要求,让我去给你买一套舒适的睡衣,做完手术你就能换上，你甚至将款式和颜色都在脑海里想了一遍，然后再逛逛街，买些你喜欢的东西。这毕竟是你的国家，很长时间你都见不到它了，你说，去吧，尽量开心一点，我们就要回去了。

是的，我们就要回去了，我也这样告诉自己。

护工见你心情好转，她便提到她有个正在上二年级的儿子。儿子放学后没有人管他的晚饭，她问我是否可以把他接到病房来做作业。她觉得难为情，但是我能理解她作为单亲母亲的难处，我答应了。

那天远远地我看见她往嘴唇上抹了点口红，反复抿嘴巴好让口红均匀。见我从走廊过来，她从她紫色的背包里拿出一个桃心形状的小化妆镜，握住我的手说，听医生说你们快走了。这个送给你，祝你们爱情美满。将来再回到敦煌来玩。

敦煌的秋天树叶凋零景象萧瑟寒凉。这么些天，我第一次下楼到街上去，觉得天光刺眼。走在暖寒的阳光下，它们能照耀着我真好。它们强烈、温暖。回医院的路上，我让司机停车，让我去买两斤新疆库尔勒香梨，他停下车在一旁抽烟等我。我问他新疆离敦煌有多远，他说说近也不近，说远也不远。出租车司机问我，你是游客吧，从哪儿来？我说从西雅图。他说，离这儿远吗？我笑笑说，说近也不近，说远也不远。

没有人能够想到，我出去那天竟是最后一次见你。我回来时，负责你病床的护士在挂号的大堂里叫住我说你的情况不妙，已经送进手术室。

晚上，我在你手术室前的过道里坐着，一次次望向那扇被淡蓝色帷布遮着的玻璃门，过道尽头滚动的屏幕上跳跃的红色数据渐渐地变成了空屏，在我脑子里只留下时钟的嘀嗒声。那扇清冷的门终于开了，我慢慢站起来等待迎上前去，希望你睁开眼就能看到我。可是门开之后走出来一个护士，她戴着口罩，并没有继续打开另一扇门，好让手术车上的你被推出来。她朝着我走过来，她平平常常波澜不惊地走着，让我感觉到了万水千山的穿越。

这些年对于很多事，我尽量去遗忘它们。我从不去回忆与处理后来那些琐碎的事件的细节。这一场变故和你在病床上忍受病痛、医生给你使用开塞露，以及你那样赤裸地暴露在病房里所有人的面前任由他们摆动，让你丧失尊严的一幕幕，那些不仅仅是由于语言而让你孤立无援的时刻，你在那些时刻望向我的眼神，我都刻意去忘记它。

很多年我都想告诉你，我们没能够如愿以偿重新再来一次，不是因为我们从来都不合适，不是因为其他，只是因为我们上了那辆不该上的车。一定是。

等风来

一

等风来了,风筝就会从屋子上掉下来。它不会掉下来,你就从这边顺着栅栏爬上去。

太高了,我怕。怕,就自己一边玩去。

她的脚在打战。连日的秋雨将银杏叶吹掉了一地,踩上去有一种让人害怕的柔软。她的表哥红豆和绿豆坐在下面的石头上咧嘴笑,抬头看她越爬越高,阳光像是从他们的嘴巴里露了出来。他们俩一黑一白地坐在那儿,等着她从房屋上摔下来,他们早就料到了。

挂在树上的风筝是她爸爸给她做的十个中的最后两个,还有一个她藏在床底下。他们如果知道还有一只风筝,他们会让她拿出来。她的爸爸出差执行特殊任务前,告诉她等风来了,他就带她去放这两只风筝。等风来了,她的妈妈就会醒来,妈妈只是睡着了,太累了。

绿豆的脸在房屋的阴影里白得惨淡,他将他的一条肥腿往另一条上搭时，微微侧着头假装去看不远处那道破烂的铁门。红豆把因缺钙而不对称的头往绿豆那边靠，他们一起朝斜坡下红色的砖楼那边看。他们一定不会忘记要朝那边看，那个开着七色花的窗户，他们姥姥的头在那一瞬间，从窗子那儿冒出来了一下，但却没有像往常那样高声地喊叫他们，让他们回家，就像她要寻找的并不是他们。

天地和房屋间的界限因为光影一片迷茫，风筝就落在依傍在屋子旁边的树上。屋子中间有一棵高大的槐树，伸向天空的部分到了春天会在屋子上空开满槐花。夏天槐花落下来铺满了地面，他们在那儿来来回回地跑，跑过一道小门，就进了姥姥家住的院子。

破屋子在这扇小门外，是卖煤球的人自家搭出来的。拟着这座原本就在的石墙修建房屋就能节约一堵墙的费用。从侧边看这座房屋，它就是抱槐树而成。

屋子里的人将灯缠绕着挂在树上，他们还在树上钉钉子，将锅和抹布还有一些带手柄的厨房用具也挂了一圈。不管什么季节，他们随时取下锅具，在树旁吃火锅。

一家六口在屋里，从亮处往里看像是一堆影子。

她说："起码有六七个。"

红豆不管她说什么，也不管对错，都会否定说："四个，你什么眼睛？"

绿豆对他们说的数字没有兴趣,不停地用脚踢石头缝里长出来的草。绿豆的爸妈最近下岗了,他住到姥姥家后也没有像以前那样爱说话了。

"他们家是卖蜂窝煤的。"她说。

"你懂什么是蜂窝煤,你不能说煤巴?"

她不说话,低头看自己的脚挤在鞋里的样子。他们又笑她。

她脑子里想着屋里的一家人在下雪天推车,妇女背着一个小孩,板车上坐着两个戴红白相间的绒线织帽,白色的部分已经变成了黑色,分不清男孩女孩,帽子盖住了眼睛。男人在前面拉车,车上装着没有卖出去的煤,车后面还跟着个十来岁的男孩,就是那个经常站在半边街上,跟一群蓬头垢面的孩子混在一起,把石头打到红豆头上的喜来。喜来喜欢一个人埋头走路,看到红豆就会跑过去捉弄一下他,仿佛他们天生就是敌人。她喜欢看他们一家人的样子,他们一家人热闹,力气总朝一处使,还有爹有娘,起码不像面前这两个狼和狈一样的表哥,让她感觉不到一家人的温暖,整天以偷她的日记并大声朗读来取笑她为乐。

她回头去看两个表哥,他们也在看她。她慢慢地在他们的注视下,爬上低矮的连接着那个破屋子的石梯。从这头斜过去石梯越来越陡。屋顶上铺满了枯黄了卷边的树叶,她一脚踩破了油毛毡屋顶,再一抬脚人就从空而降——掉进了人家屋子中央。那家人正在吃饭,热气腾腾的火锅遮住了他们的脸,面对天外来物一样的她,他们痴愣愣地抬着碗不知道发生了什么。

他们看着她站起来,直到她再一瘸一拐地走出他们的视线,都没有反应过来。他们看着她,然后抬头看油毛毡顶棚被她砸出来的洞,阳光落了进来。她怕被他们抓住扣下来,她忍住剧痛,出了门就开跑。

二

进家前她怯怯地站了一会儿,听见屋里有笑声才敢敲门。

小姨打开门就拉住她问:"你掉到人家锅里去了?"

两个表哥坐在阳台上,围在那个没有生火的铁炉旁,咯咯地笑。

姥姥坐在里屋的床上做按摩,姥爷在沙发上看一张专门讲治病的报纸,还用一支笔在上面画出他认为重要的内容。姥姥姥爷整天忙着给自己看病,然后到报纸上宣传的各种药店参加活动,买回来大堆的药品和仪器,每天晚上两个人轮流用仪器相互治疗。他们还上了电台的专门节目，给老年朋友分享他们的感受。

她站在门边，感觉到屁股和腿痛得厉害，她不敢说话，低着头换了拖鞋进了客厅。

"两个坏种又把妹妹引到哪里去了？"她听见姥姥的声音从卧室传出来。

她走到阳台上，小姨在她还没有坐稳时把菜抬到铁炉子上，然后用脚踢她说："坐过去一点不要挡着姥姥。"

她埋着头挪了下凳子靠近了他们。

红豆把头凑近她说："告诉你一个消息，你爹回不来了。"

她听不懂他在说什么，她去看姥姥的面目表情，两个表哥就又笑起来。

姥爷一直在看报纸。姥姥过来了。姥姥对表哥说："你这个坏种，谁教你的乱说话？再乱说乱讲，我打不死你们。"他们不敢再出声，一家人开始吃饭。

小姨抬起碗说："给她说真话还不行吗？"姥姥不抬头往她碗里夹菜。

小姨见姥姥没说话，又补充道："你不说我说，一定要给她说真话。"姥姥沉着脸回她："饭还堵不住你的嘴？"

小姨说："这样下去，你觉得还瞒得住吗？你真的相信罗伊雯会醒来？我们要回越南去了，你们这样子，现在又说她爸爸下落不明。净做无用功。"

姥姥说："你闭嘴。你不做无用功,怎么会让红豆吹那个破管子。"

小姨说："那不是一回事,红豆还在成长。"

"这个家我说了算。我只要有一口气,我闺女的管子,就没人敢去拔。"姥姥放碗的动作很大。

姥爷说："不要动气,不要动气,不然药就白吃了。"

她听不懂他们在说什么,只听到筷子碰到碗的声音。

磨剪刀抢菜刀!磨剪刀抢菜刀!

挑筐喊磨刀的人,就在窗下。他的筐里有糖葫芦,绿豆和红豆喜欢跟在他后面,学着他叫"磨刀"的声音。还想乘机拿他的糖葫芦,他一步三回头。有人请他磨刀,他就放下担子坐下,把磨刀石放在小凳子上。他们也许更喜欢看他磨刀,一动不动地站在那里。

小姨叫红豆下去磨刀,姥爷说他自己磨。红豆放下碗站在门边上,等着姥姥发话,好一溜烟跑下去。他身上有钱,他想拿去买糖葫芦。

姥爷问他们什么时候回越南。小姨父说过一阵子就回去。小姨起身离开前朝小姨父谢了顶的头发上抓了一把,小姨父也就跟着站了起来。姥爷问要不要带红豆。这次不带。小姨走到阳台的另一边,从架子上取下菜刀。

红豆跑下楼去的声音很响。

为什么不给她说真话？姥姥也站起来问什么是真话。小姨不说话，打开了他们的房门。她看到屋内彩色的纸花，和摇晃的用玻璃珠子串成的手工门帘。

蛇

铁门外的草丛里，蛇蜕皮，像人丢了件衣服。她问爸爸那是什么。他说那是蛇脱的衣服。蛇为什么要脱衣服？因为蛇要变成一条新的蛇。那么人呢？是不是要死了才能变成新的人？

后山有一条蛇爬进屋来，盘踞在她们家靠窗的炉子上，昂扬着头。阳光从铁栏处晒进来，蛇就迎着那缕光弯曲晃动。她叫来了爸爸。他一棍子朝着蛇的头打去，她惊叫一声，蛇就拉长身体顺着墙根往窗外爬。

她拉住他，制止了他举起来的棍子。他放下棍子对她说去厨房找个麻袋来。他从地上捡起棉纱手套戴好它后，顺着蛇爬行的方向，抓住蛇的脖子，另一只手托起蛇弯绕盘曲的身体，把它装进了女儿拿来的麻袋里。她说把它放回后山的草丛。他牢牢地抓住麻袋的开口，她跟在他的后面，他们走出院子绕过香蕉洞，沿后山长满杂草的小路往山上走。

她问爸爸为什么他们总是看见蛇。爸爸说那是因为你晚上总梦见蛇。她说那不是我的梦，是妈妈的梦。他转过头看她,为什么是妈妈的梦?

因为妈妈当初生我时梦见蛇,她说我肯定是个儿子。

两个人都不再说话。他们看见杂草里有四脚蛇爬过,因为听到他们脚步声,竟然一下停住了,躲在那里。她捡一块小石头朝那儿扔。

他问妈妈还说什么了。妈妈说,你总是把车开得飞快。还有呢?总是蜷在沙发里面看电视,袜子臭得熏死人。

他把蛇放进草丛,她和他站在那儿看着它钻进草丛,朝着杂树深处爬去。

他抱着她,把她举过头顶,让她骑在肩上。她的小手交叉环抱住他的额头,经过他们家院子外面下坡的香蕉洞时,他们看到工人们正在往洞里搬送从云南运来的香蕉。有一股浓浓的防腐剂味道的风从洞里吹出来。洞口被隔出来了一间小黑屋,守香蕉的男人就住在那里。守香蕉的男人从歪斜的窗子朝外望,他帮着他姐姐看守香蕉洞,无聊时他就站在斜坡上喊她小宝宝,你饱还是饿?

她跟她的爸爸走在一起时,他就会假装没看见她。她给她爸爸说我怕他,他是个疯子,我听见他前几天早上还在听英语。

那是他收音机的频道只能收到那个台。他说。

他会被冻死吗？她问。

不会，一般傻子都不怕冷。

她朝前跑了几步，再回头那个人的脸还在窗子那里看着他们。她爸爸问，你怕什么？她说，我怕他看见我的风筝。

他说，他不知道这是风筝。

他知道的，他也有一个风筝，还挂在花椒树上的。

他们一起去看花椒树上的风筝。那是一只蝙蝠，黑色和红色的线条被树枝戳破了，一只尾巴挂在树上。

它已经不会飞了。他每次都让它飞，然后又掉下来。

你不要蝙蝠风筝，就是因为他？

她点了点头拽紧了她爸爸。

三

前天一早，他们就收到消息，说她的爸爸在执行任务过程中下落不明。电话是她的舅舅打来的。

"下落不明？"

"这是内部消息。"

"就是说他失踪了？"

"也许吧，我是听一个人提起，没有细问，都是机密。"

"一个在医院生不如死,一个现在又下落不明。"她听到姥姥在屋里叹气。

"如果最后确定人不在了,政府会有一大笔抚恤金,你不要太忧愁。人都没有了,孩子可怜。"

她听到大人们在屋子里小声地说话,还听到姥姥抽抽泣泣的声音。她从床底下拖出她的风筝,关着门用一张纸放在风筝的后面,想要在那张纸上画出风筝的形状。

红豆在用力拍门叫她:"你是不是要装?你别以为我不知道你在屋子里干什么。开门。"接着就是一片死寂。她的小身体抖了一下,回头看门,她知道他贴在门上听她的动静。

她不理他,她挪开风筝,风筝的形状歪歪斜斜地被拓在了纸上,如今,她在蜻蜓风筝的翅膀上,用彩色笔轻轻地涂上一层红色。上次她涂了黄色,下次她涂蓝色,它飞在空中就会看不见了。她也不知道这是第几次在涂色了,这只蜻蜓像是浑身上下都受了伤一样。

屋子里没有声音了。她跑出门来,红豆和绿豆正在帮着姥爷在屋子后面的煤棚里砸煤。她朝着老白家商店走去,假装去买东西。

老白正在跟两只厮打的猫说话,她绕来绕去地看它们。老白给了她两颗糖,她朝姥姥家这边看了一眼。老白笑了,她第一次看见老白笑,她的头发花白眼睛浑浊。

她想，老白真的好像和姥姥说的一样，比姥姥要老得多。她抬头看看老白，又摇摇头表示不要。

老白说："那你想要什么？"

她还是摇头。

打输了的猫大叫了一声，轻身跃过老白。老白抱起另一只更小一点的橘猫，把头靠在它身上说："你就是最可怜了，它们整天打架，可是你连站都站不稳，昨天晚上又因为你们我一夜没有睡。"她看着那只橘猫只剩三只脚了，怪不得站不稳。老白一边嗔怪着猫一边用手捋它的毛，面朝着她说："你就像这只小猫咪一样可爱。"她刻意躲闪了老白年迈的目光，像是可以一眼将她看穿。

她说："我想要一只风筝。"

老白说："我家不卖风筝。你怎么不喜欢水果糖？"老白拿起自己铺面前面的塑料罐在她面前摇了摇，又准备将它打开，拿出来几颗给她。

她往后退了一步说："我不敢要你的糖。"

老白笑得更开心了，这句话却没有制止老白打开塑料罐的动作，她拿出几颗，把糖纸剥开，放在地上："你看我的猫，我天天给它们糖吃。"

"我要是吃你的糖，回家姥姥就要打我。"

老白看她，又看了眼正在凑过来闻那个糖果的猫咪说："谁要你去告诉你姥姥呢？"

她说:"我知道的猫不吃糖。"老白半个身体伏在柜台上,两只眼睛眯成了弯月亮向她解释说:"这颗黄色的,是菠萝味的。绿色的猕猴桃味,紫色的是葡萄。"

她小声地问:"那这颗蓝色的是不是天空味的?"

老白笑了起来,回答道:"是的。"

她抓起柜台上的糖说:"那我吃一颗,你不要告诉我姥姥。"

她在店铺面前的石梯上坐了下来,她也去摸猫。小猫发出喵呜喵呜的声音,身体在她的手掌里蹭过来蹭过去,到尾巴部分时,那只小猫全身竟然抖动起来,尾巴竖起来了。她缩回手来说:"我妈说猫是她的克星。"

老白感到疑惑,看着她,"你妈妈醒来了?"

她低下头看着小猫摇摇头,老白也看猫。

"你为什么要养这么多猫,是不是可以卖很多钱?"

老白说:"你姥姥说的?"

"不,是我自己想出来的。"

"你姥姥在家怎么说我?"她的脑子里转动着姥姥给老白起的外号"老白毛",眼睛停在老白的头发上。老白的头发全白了,像戴了顶白帽子。

她说:"我姥姥说你一个人很可怜。"

老白愣了一下说:"你姥姥胡说。她才可怜,要带好几个孩子。"

老白又怕话说重了，才又重新考虑眼前这个小女孩问的问题，她说："卖不了钱，都是它们自己来的。"老白看见她开始剥手中的糖纸，试探着说："你爸爸好久没有来看你了。"

她把准备放进嘴里的糖，又重新包到糖纸里。她想起姥姥说老白整天没事喜欢打听张家长李家短。她看到柜台后面的猫弓身跳上货架，上面的烟被它撞下来了，然后它喵地狡猾地叫了一声。老白侧过身去拾起掉到地上的红色包装的烟。

四

红豆和绿豆带着她去拣石头，拣到一个就让她放在衣服口袋里。他们在石头堆里选了又选。她捡起一颗石头问他们俩这个可不可以。

石头拣完了，红豆和绿豆站在院子斜坡的两头，让她站在中间。他们在朝她扔石头。

"如果石头打着你了，今天就休想跟着我们去河边。"

"如果石头打不中我，是不是我就可以和你们玩？"

绿豆捡起刚刚精心挑选过的石头说："那你得问石头。"他手里的石头飞过来了，她跳着躲开了。然后站在另一面的红豆捡起那块石头又扔了过来,她朝后一退倒坐在地上。她捡起差一点就打着自己的石头送到绿豆手里。红豆在那头喊:"下次你摔倒就不算。"

她站在他们中间点头。这次石头是连发,两边同时打过来,她左右来回地跳了几下,还是被红豆打来的石头打中了。他们丢下她跑到河边去了。

她朝着他们跑去的方向去追,哭喊着说:"哥哥,哥哥,等等我,我不是故意的。"她跑过小破门,跑过那间低矮的房屋,跑过那棵树,树上的风筝还挂在那儿。她停了下来,看着树上挂着的风筝。如果她取下那个风筝去找她的表哥,或许他们就会和她一起玩了。她慢慢顺着爬上旁边的那堵墙,她离风筝更近了,她伏在那堵墙下朝上看时,她看到高处站了那个满脸煤污的男孩。他站在那里手里拿着一根竹竿,居高临下地看着她。从他的身后冒出几个脑袋,也都朝下望着她。他们蓬头污面,有两个稍大一点的头发还染了点颜色。

喜来用竹竿打她的头:"让她从墙上摔下去。砸死她。"

她仰着头,看见那几个脑袋在太阳光下旋转。他们开始用小石子打她。石头扔完了,就又手脚并用踢地上的泥沙,泥沙撒得她满头都是,她手指放开了,摔了下来。她听见他们一哄而散的笑声和脚踏地的声音。

喜来站在她面前,她看见他手里的竹竿上都是煤污。他问她为什么要爬他们家的房子。她说她的风筝挂在树上了。他抬起头看到了树上的风筝。他问她的两个哥哥为什么要打她。她不说话。他说我站在上面看见的,他们两个经常打你。她坐在地上不敢站起来,她怕他也打她。他说,你的风筝?他又抬头朝他们家屋子上那棵树看去。

她想哭,却不敢哭。脚跟手都摔伤了,感觉站不起来。他走了,他爬到他们家屋顶的树上取下了风筝。他把风筝拿到她面前,她还是不敢抬头,她看到他运动鞋旁边裂开一个口子,他没有穿袜子,左边的脚丫露在外面。他看见她在看他的脚,把脚向外面移动了一下。

喜来!喜来!那边有人叫他,他转身就跑了。

晚饭时,她跟着姥姥去街上买菜。她走过卖米的小店时,看见喜来一家人拉着板车,依然是他的爸爸走在最前面,车上坐着两个,还有一个在他妈妈的背上,煤还没有卖完,他的爸爸上坡时朝后倒了几步,他的妈妈拼命地在后面推着。她觉得他们一家人真好啊,在一起卖煤,在一起吃饭,还挤在一个屋子里睡觉。

喜来跟在后面,看见她时就放慢了步子,等他的爸妈把车拉远了,他就跑过来给了她一个气球。她不敢要,红色的气球被他污了煤的手染黑了。他把气球朝天上一放，它就飞走了。姥姥问她怎么会跟小脏孩啰唆。

她看着天上飘远的气球，想起她的风筝。

穷

他把她扛在肩上，她把风筝举过头顶。他问，你妈还说我什么了？

她说你脑子里横放着一根扁担。他迎着风跑起来，她在他肩上抓住风筝身体朝前。

他放下她，两个人坐在一块大石头上，阳光照过的石头暖暖的，他心里也暖暖的，为什么之前没有觉得妻子伊雯说的每一句话都这样暖帖，人总是要等到失去后才懂得一切的珍贵。这话一点不假。现在伊雯沉默了，躺在病床上还不知道能不能再次醒来。她问他为什么妈妈说的每一句话他都记不得。

他躺下去，头放在石头较为平整的那一端，天空旋转的方向大片的云涌过来，那时他不知道被妻子怨责竟然是一种幸福。

她问他为什么他们总是吵架。

他从山上往下看，能看到他们家的房子，那座紧紧地贴着山修建的灰色房子，是他们来到这座城市买下的第一套房子。买房前他们一家人租住在她姥姥家那条半边街上，与一群外来务工的人住在一起。

她还能记得那间屋子不大，冬天，屋外是一家私人搞的无证加工饮料的小作坊。她的妈妈背着她跟在一个外来打工的邻居身后，准备去那里做一份兼职的工作，一看是黑作坊，就不敢去了。

后来的一天下雪了，她站在一个蓄水池边上，看见那个邻居从小作坊后面走来，他走得满面红光。她的妈妈在水池边洗衣服。他说我又给你找了份工作。做什么的？他说带奶孩。伊雯站直身来拧着一件棉大衣说你来帮我搭把手。他犹豫了一下，把从衣兜里伸出来的手又缩了回去说，这么冷的天你怎么洗大衣，叫你老公洗啊。

罗伊雯抬起冻得通红的手，捋了一下头发说多少钱。他一边帮她拧水，一边朝天上看。雪下得真大。他说一个月四百，小孩吃的他们家自己全包。

她看见她妈妈眼睛亮了一下，将大衣晾在屋檐下的一个架子上说，我可以试试。

那个女人抱着娃来了。他们站在她家的铁炉子前正说话，小孩哭了起来。那个女人抖动身体左右摇摆着哄小孩，一边踮起一只脚将纸尿布塞进小孩的屁股里。伊雯袖手站在那儿没有去接过小孩。结果，那个女人大概看出伊雯不是块带孩子的料，就又把小孩背走了。

为这个事情他们也吵架，伊雯问他为什么她要给别人带孩子来补贴家用。他说因为别人比你年轻。伊雯举起手里的杯子朝他砸过去,结果把他们家唯一的一面镜子砸了。

后来伊雯的单位分了房子,他们借了四万元买下政府最后一批的福利房。为了节省房屋租金,他们一家人搬进还没有装修好的新房子,住在厕所里,四平方米刚刚放得下一张床。他们给家具上漆、房门上漆要吵架,灶台大小要吵架,没完没了地吵了两个多月。

伊雯站在凳子上刷油漆,整天满身污垢,就更加气势汹汹。凳子一歪摔下来,两个人吵得更厉害。伊雯说为什么这么穷。他说这是你的命。伊雯就拿东西打他,把碗摔到地上。有一次伊雯把一个深蓝色的鱼盘举起,来回地比画了几下,如果他劝止她,她不会真的把它摔得粉碎。可是他没有那样做,那是他们家中像样的稀有摆件。他说你砸吧,最好往我头上砸。伊雯就真的把它砸了。

房子终于装修完了,工人拆走刷墙用的楼梯,伊雯付完钱,换上了白色T恤,放下了一直绾在脑后的头发,穿着浅绿格的麻布料裙子走出家门。午后的阳光照在住宅的院子里,那时她跟一个小伙伴站在紫藤架下面玩,听到妈妈叫她的名字,她说妈妈你再等一下。再一回头,她看见妈妈的长发在一缕光线里飘动,然后她看见妈妈倒在地上。五楼正在装修,坐在窗台上的工人,一甩手那个锤子没有拿稳,从手里飞了下来,她听见工人大叫了一声。

她记得血像喷泉一样从妈妈的头上涌出来。她抱住妈妈的头,血从她的小手上流过。她抱着妈妈的脑袋哭喊说妈妈,我们走。她听到妈妈说,乖,别动我。有人将她的妈妈从她手里抱起来,她满手是血。没有救护车,院子里正好停了一辆老式吉普车,他们把她的妈妈抱上车。车开走了,血顺着车走的路面流下来。

五

绿豆今天来不来。

她站在阳台的凳子上朝外看,值班室的王成友坐在门口,老白家店铺很冷清。

"早上就给你说了他不来,他妈妈不让他来。"

"为什么?"

"我妈说他妈妈下岗了,不愿意见人。"

"为什么?"

她从凳子上跳下来。"为什么?"

"你是不是只会问为什么?"

红豆把萨克斯放在沙发边上。他吹了还不到两分钟。她问他:"不吹了?"

他说:"吹什么吹?"

"你妈为什么要让你吹?"

"她说我以后要做萨克斯手。你没看见我妈不正常啊?"

"我要去告诉你妈。"

红豆从身上摸出一颗糖说:"拿去堵上你的嘴。"

开门,开门。

四楼煤老板家的人总是在一楼就喊开门。他们坐在阳台的护栏上,几条腿掉在空中甩过来甩过去,葵花子吐得满天飞。"他们没有爸爸。"她说。

"他们有爸爸,他们的爸爸给他们一人买了一套房子,这栋楼我们家以上都是他们家的。"红豆说。

"他们好有钱。"红豆没回话,找出沙发垫凹陷处卡着的遥控器,反复地寻找着他想看的节目。

姥姥说:"他们再有钱,都像煤。"

红豆边调电视频道边说:"那群烂崽里面就有楼上的一个,我认得他的衣服,还有他的声音。他穿阿迪达斯,别的人家都是来打工的。"

"往我头上打石头的就是他,他一定认得我。"

红豆说:"是喜来。"

她问:"谁是喜来?"她不敢说了。

他说:"你是个叛徒。"

"我不是,我是听到他们这样叫他。"

"叫谁?"

"叫卖煤的喜来。"

"怕是你叫的吧,看你叫得那么亲热。"

门开了,小姨和小姨父说话的声音传进来。红豆关了电视从沙发上拿起萨克斯迎上前去,她跟在后面。小姨把手里提着的水果放在茶几上,问今天练习了多久。红豆说刚刚练完,吹得我嘴巴都痛了。小姨看了她一眼,问她:"真的还是假的?"

她低下头说真的。小姨走到电视机后面,伸手去机箱上摸了一下,然后反手就给红豆一个耳光。为什么要讲假话?红豆看看她说,是她要看电视。她说我没有。小姨又给了他一耳光,他捂住脸问为什么不打她。小姨说她已经报废了,你跟她比?

她看着小姨在屋子里一边骂红豆一边叫他拿出萨克斯吹。她不明白小姨为什么非要听这样的噪声。他们一家人在姥姥家里占了一间屋子,屋里全是他们结婚时的照片,小姨父穿着军装站在小姨的身边,小姨抱着一束假花,这张照片放大到占了屋子的一半,还有没有从柜门上取下的"囍"字。

她怕她的小姨也恨她。小姨不仅幻想红豆会成为萨克斯手,还幻想她的妈妈不会醒来。小姨扯着她的衣服往外屋走:"你站在这里哥哥就吹不好,你废了还要搭上他。我给你说哥哥一定会成为萨克斯手,我小时候就有音乐天赋。"

她被搡到屋外,她静静地坐在过道的木沙发上,她想哭。如果哭了,小姨出来就会扯她的脸。她只好在心里想着她的风筝,等风来了,一切就好了。等风来了,我的风筝就会飞起来。

萨克斯的声音隔着门,像石头一样飞过来。

六

红豆站在阳台上,看见绿豆跟着他的妈妈远远地走来。红豆一下子跳了起来,高声喊着绿豆的名字,然后开门冲下了楼。坐在过道的沙发上专心研究医学报纸的姥爷,抬起头来四下环顾,他不知道这突如其来的慌乱是怎么回事。

姥姥说狼和狈又见面了。

他们在洗澡堂的铁门外,那堆废铁里面有一个洗衣机。红豆转了一圈,他附在绿豆的耳朵边说话,绿豆心领神会地笑着点头。红豆手里握着一块石头,又在地上捡了一块递给绿豆,他举起石头来来回回地比画。他说就这样不能轻也不能重,重了石头打进去会打着人。他瞄准洗澡堂的窗子,瞄了又瞄。

洗澡堂里的热气从格子窗冒出来。他手里的石头还没有甩出去,就看到了小街那边跑过来的几个小男孩,他们也手拿石头呼哧呼哧地从远处跑了过来。红豆把举在半空中的手放到了胸前,他假装什么也没有做。

其中一个叉腰拦在路中间指着红豆说,就是他。几个人举起手里的石块土块一起朝红豆打过来。绿豆反应过来,也开始朝他们打石块,她站在那里看石头飞来飞去。他们叫她快去捡石头。她朝着斜坡下跑。对面人石头多,像是打也打不完。她拿红豆丢过来的袋子,一边拾一边缩起身体躲避飞来的石头。有的石头从斜坡上滚下来,她跑去捡石头,石头就打在她的身上,扑哧扑哧地响。

半边街上亮起了灯,诊所的人穿着发黄的白褂开门朝外泼水,见他们打来打去的,站在那里看了一会儿,笑着喊打得好打得好。卖蜂窝煤的人拖着板车过来了,他停下来,看着斜坡洗澡堂岔路上正在打石头仗的孩子。喜来!他喊了一声。喜来丢下手里的石头转身跑了,接着一个两个都跑了。

她提着装了很多石头的袋子，站在那里看着他们推着板车往家里走。想着他们家屋里那棵树上挂满了各种东西，一家人挤在屋子里碰来撞去地洗脸换衣服。红豆抢过她手里的袋子说，废物。

她跟在他们的后面，脑子里还在想刚才的情景。走过喜来家屋门口时，红豆和绿豆跑了过去。她朝里面看了一眼，屋里挂在树上的灯已经亮了，一圈一圈的黄光里，他们挤在一起吃火锅。喜来蹲在离树更近的地方，坐在一堆柴上呼哧呼哧地大口刨饭，锅中的热气遮住了他的脸，他像一堆破布。

他们家的人都像影子和破布。

云

等风来了，你的风筝就会飞得很高，她的爸爸说。半山腰上不能放风筝，要爬到山顶上去。她坐在爸爸的腿上，半仰着头看风筝。

天很高很远，树丛里开着的野花格外明亮。妈妈真的会在云层里看着我们吗？她问爸爸。谁说的？他把风筝线又放了一截。姥姥说的。他摸摸她的头把她抱过来面对着他，爸爸要去很远的地方执行一个特殊任务，会去很久。什么是特殊任务？你长大了就知道了。能不能不去？不能，听话，以后我保证再也不会离开你。

那么你要给我做十个风筝才能走。他说好。不要买的，要你做的。远处的天空中有两只风筝飞得很高，在云层里轻轻地浮动。她问他为什么别人的风筝总是飞得那么高。他说因为别人的风筝一直在风里没有放下来。她让他把风筝也放到风里去。他放长了线，让她拉着风筝跑一段路，没跑多远她的风筝就掉下来了。

妈妈为什么还不醒来？她太累了。她故意滚到地上问，你会不会睡那么久？当然不会，我不喜欢睡觉。她在地上又滚了一转，半俯着身子说，天上的云，快点让我妈妈醒来。他把她抱起来放在膝盖上，抓起她的一只手贴在自己脸上。她说爸爸你不要哭。他说，嗯，不哭。

他们身后的树丛里，鸟叽叽喳喳地叫个不停。她要他去追一只鸟，他拉着她朝矮树丛里正在觅食的几只麻雀走去。它们扑腾跳跃，然后飞出树丛。她跟在一只鸟的后面追了很远，她回头他站在远处笑。她大声说这是一只受伤的鸟，抓住它。小鸟扑腾了几下重又钻进树丛，它跳上树枝又跳了一次，他从它的后面拨开树丛，一下子抓住了它。

她的笑声飘进了云里，非常清亮。她把鸟抱在怀里，收起风筝骑在爸爸的肩膀上，风里有一股花树的味道，她眯着眼想着把鸟关进笼子里。她说我们没有笼子。她爸爸说会有的。你会做吗？当然。为什么你什么都会做？因为有你。她伸出一只手抓住他的耳朵说，我还要你给红豆做一只蝙蝠风筝。为什么？因为他坏。

他把她放下来，让她站在下山的路边，他钻进竹林用脚踩倒两棵竹子。她蹲下身来把鸟放在地上，两只手捏住它一动不动地把它按在地上。你别动，今晚你就会有自己的家了，你睡在我身边。

醒来，外面下雨了。给红豆的蝙蝠风筝挂在窗外，雨无数次打湿过它。它褪了色，一次也没有在天上飞过。她没有让红豆知道，窗外有一只她送给他的风筝。

噼里啪啦的雨声在风里时隐时现，风倒像是波浪涌过来涌过去，从房子顶上走远了。她记得一年前妈妈受伤那天夜里醒来，也是这样的风声。姥姥在医院，把她独自丢在家里，雨也是这样让她害怕，雨是红色的。如果妈妈不再醒来，就没有妈妈了。这句在她脑子里翻腾的话，她不敢说出来。

七

望远镜里，对面楼下小卖部零碎的彩色瓷砖像河面漂过的树叶和花瓣，透过万花筒，被红豆一会儿拉近一会儿推远。他们伏在阳台的花盆后面,绿豆嫌她碍手碍脚,就用身体挡住她。她说给我看一下。红豆用手肘拐她,把她挤在一边。店里的老白坐在柜台后面打瞌睡,白色的头发露了出来,在望远镜里不像是头发,像是秋霜打过的稻草。

他们在望远镜里寻找,他们插进碎瓷砖缝隙里的爆竹。看见了,还有两颗,插在石梯里面的。你跑得快,你去点。绿豆见她没有反应,就推搡了她一下问她听见没有。她不说话,依然挤在他们身边。

为等到老白打瞌睡,他们等了一个中午。有人站到了镜头里,柜台的玻璃板后面香烟饮料各种包装的食品,也在镜头里。老白没有把头抬起来,午后最慵倦的时光,她连动都不想动一下。中午站在柜台前面的人,大多不买东西,都是来说张长李短。老白不是不想说长短,那儿正好是这个院子的是非输入和输出的地方,她恨他们只来说闲话,却不肯买一分钱的东西。

他们收起望远镜。如果今天下雨,鞭炮淋湿了就点不燃。这已经不是第一次了,浪费我们好多根鞭炮了。他们蹲在阳台的窗子下面,两个人一起朝她看。她不敢看他们,她怕他们推她出门去点燃那两颗鞭炮,前天他们就把她推到门外,让她不得不去点燃鞭炮。他们说不是要炸老白,而是要吓她。结果她还没有点火,老白就出来了。

她假装蹲坐在石梯上系鞋带，老白靠着她也坐在石梯上。老白微侧着头并不看她，伸手将夹缝里的鞭炮捡出来扔到碎彩砖拼出来的地上。她不敢动，眼睛落在老白缠着绷带的一只脚上，那只脚在雨天踩到红豆丢在石梯上的瓜皮，人坐在地上滑出老远扭伤了。老白即使听到了笑声，也不会想到他们在望远镜里看着她。

她重新站到凳子上，伏身趴在阳台的花盆中间朝远处看。她希望下雨，那样他们炸老白的计划就又落空了。鞭炮一炸柜台上的猫就四处逃窜，把老白放在柜台上的东西打翻在地上。如果下雨，鞭炮被雨水打湿即使可以炸，也没有声音。她喜欢看它们变成哑炮，老白伏在柜台上看着她，还会笑她笨，说小可爱，过来吃包瓜子。她摇头，老白还是笑。

"现在我们想吃东西了，你去买。"

她问："去哪里买？"

红豆说："你还敢去老白毛家买？"

"她叫老白。"

"姥姥叫她老白毛。"红豆给她纠正，"姥姥去她家买牛奶，她连吸管都不给姥姥。姥姥说了，都不要去她家买东西，让她家的店门白白地开着。"

她跑下楼去，急急地埋着头跑过老白家的店门外。

老白叫她,她回头朝姥姥家窗子上望,他们把头藏在花盆后面。老白说:"小丫头过来,你看我的东西掉在石梯下面了,你帮我捡起来。"她想跑开,老白又叫了她一声。她歪歪扭扭地走过去,她知道她正走在他们的望远镜里,他们会叫上姥姥过来看她,说她是个叛徒。

她站在他们的镜头里,他们甚至可以把她拉近到她眨个眼睛都逃不过。老白靠近睡在柜台上的猫说,你看这些可恨的小家伙,一天到晚净做坏事。老白抱起它们,把头埋在它们的身上,然后将那只麻花小猫的前爪抬起来,使它软绵绵地站直了身体。老白看着她站在那里,笑着说你要不要来抱一下这个小宝贝。老白忘了叫她捡地上东西的事情,她在他们望远镜的镜头里,胆怯地捡起地上的报纸和两包彩色的袋装薯片。

跑开的时候,她忍着不回头,她没有听见他们笑的声音,但她知道他们在那儿笑。

八

"我不敢出院子。"她说。

他们说:"好,那我们去,你不准跟着。"

走出院子大铁门,穿过洗澡堂的侧门,那儿有只大黄狗。他们开始跑起来，大黄狗起身前爪伸直。她停下来不敢向前。她举起手里的五毛钱说："带上我，我有钱给你们。"

街上那几个孩子，就是这个时候撵上去的，他们至少有六个人，喜来跑在最后面。他们跑起来像一阵风，呼哧呼哧横穿过马路。她的两个表哥看到他们朝着这边跑来，两个人拔腿就逃。他们开始用石头打她的表哥。

石头飞起来像子弹。她在她的爸爸擦枪的时候，总是躲在门边，她怕子弹飞起来打中自己。她的爸爸会把一颗颗子弹，从枪膛里退出来，让它们躺在一块布上。他歪着头看她，朝她招手说过来小丫头，看它们都睡觉了。她摇头不肯朝前走，退到门外半侧着身体，两只眼睛盯着睡觉的子弹。

每当这样的时候，她的妈妈会走过来抱住她，嗔怪他乱吓女儿，然后把脸贴到她的脸上说小可爱，摸摸妈妈的脸。她闻到妈妈头发里那股劣质香水的味道。她不喜欢那个加了过多香精的味道。她跟着妈妈坐中巴车时，车上会有很多喷着这种劣质香水、进城打工的女孩，她们三五成群叽叽喳喳，像一堆打散了又聚拢的鸟带着惊慌聒噪。实际上她是不喜欢那样的声音，才不喜欢这种气味的。

嗖！像是自己被打中了一样，她踉跄了一下。石头

088　飞往温哥华

打中了红豆,是喜来打出去的,她看得清清楚楚。红豆只是停了一下,捂住头继续跑。她的表哥穿过摆摊的小贩,引来一串怒骂,他们跳跃了几下,就跑过了马路。

一辆拖垃圾的大卡车过来了。喜来他们跑的速度太快,差点就要撞上去了。她闭上眼睛,耳朵里是车轮被强行扭拖后,擦着地面的声音,哐啷声是跟着尖叫声混在一起传出来的。她的脑子里被那些声音堵满了,转身就往家跑。一路上她跑得很快,感觉自己飞了起来。

红豆和绿豆很晚才回来。姥姥问他们死到哪里去了。他们不说话,满脚的泥,鞋被姥姥从家里扔到了门口。姥姥拿着棍子吓唬他们,他们才说去了河边玩。姥姥问他们是不是去找死。他们反而笑起来说是去找她。他们看见她跑不见了,就跑到河边到处找。

她想说不是这样,但是她不敢说出来。

镜子

这个是蝴蝶的眼睛。

她用一只手在做好的风筝上点颜色。她妈妈在的时候,带她去学油画。她喜欢穿着小围腰,趴在地上涂抹。她的爸爸盘腿坐在地上,将糊好的另一只风筝摆在她的后面。她在几只风筝中间爬过去爬过来地涂颜色。

这个是我的梦,这个是妈妈的梦。你没有梦。他的爸爸看着她染满涂料的手,就把一朵小花插在她的头上。她的妈妈在时,曾幻想她长大了当一个画家,妈妈认为她有这个天分。她对颜色的热情和对风筝一样强烈。她问他,想妈妈吗?他点头。那么你们为什么总是吵架?他无言以对。

在她身后的穿衣镜柜门破了的玻璃里,映出她和他趴在地上往风筝上涂颜色。他们家租住在那个破屋子里时,屋后的邻居是个杀猪的。那个夏天很热,到了傍晚太阳还没有完全落下去,土里有一股粪的臭味。她在屋前的水池边看妈妈洗菜,对面人家在屋檐下用油煎炸小洋芋,院子里到处是油烟。

屋后传来骂声,杀猪家的女人骂谁偷了他们家的拖鞋。她家后屋的窗户半开着,伊雯走进屋子,骂人的女人来了劲,就差把头放在他们家的窗子上了。伊雯关了窗户,转身问正在桌子上切菜的他说,怎么像骂我们家啊。他说那你有本事就和她对骂去。伊雯扑过去打他,哭着说你让我们跟贩夫走卒挤在一起住,现在他们骂上门来了,你还这样说话,怎么可以心安理得?

伊雯气急败坏地在屋子里转来转去,然后一脚踢到穿衣柜的镜门上。镜子碎得零乱,却没有掉下来,倒像是一块水面上结的冰,被人用脚跺了一下,现出玲珑剔透的裂痕。

他们在镜子里像是在水里，被分割成各种各样的波纹。

九

她坐在老白小卖部的石梯上，太阳照在玻璃柜台上。老白午睡时留在凳上的报纸，被风吹得哗哗哗哗响。姥姥说老白不识字，却故意要戴着老花镜坐在门口看报纸，如果识字她就会坐在柜台后面看了。

姥姥不喜欢老白，老白也不喜欢姥姥。她们两个像一对天敌，相互没有任何好感，会把对方的好话当坏话想。

姥姥站在半坡上，姥姥站的位置正好对着值班室。姥姥大声地说半夜她醒来，看看床头的墙上一只穿白衬衣的手伸过来，她以为是窗外返进来的光。定睛一看那只手正好在自己头上，小偷不知道家里有人，在墙上摸开灯线。

在家里她就已经知道了，姥姥大吼一声，军人出身的姥爷翻身跃起的第一个动作，就是抄起床边的一根木棍。他要去追小偷，被姥姥拉住了。姥姥说万一他们是几个人呢，门外有放哨的，姥爷就中计了。

值班室的王成友，坐在黑漆漆的小窗口前，他的白衬衣袖子露在外面。姥姥站在他的对面，说太不安全了，昨晚小偷跑进家了。王成友没有答话，他假装背过身去，把当天的都市报从破架子上取下来后，并不回转身。路过的人手里提着菜，停下来站在姥姥身边，抻着头听姥姥说话。姥姥说，我儿子女婿都是公安，他是上门来找死来了。我知道是谁，不把尾巴夹紧一点，小心自己的狗命。

王成友拉上小黑窗，然后他又拉门。漆过红油漆的那扇破门，被昨夜的雨打湿了，拉动时，像是要垮下来一样。看热闹的人说怎么不现场抓住他。姥姥说他在窗子外面射进来的亮光里，我以为是树的影子，他把手伸过来在我头上的墙上摸线。他胆子也太大了。昨晚没有关防盗门，他以为我们不在家，用身份证从门缝处开了锁。

横七竖八躺在柜台上晒太阳的几只猫站起来，蹿到她坐的地方，她吓得跳了起来。老白把眼睛抬得高过眼镜，通过镜架看着她的姥姥，然后从鼻子里哼出一声冷笑。老白从凳子上站了起来，朝前去抱起一只灰猫。那只猫又瘦又脏，老白停在她的面前笑了笑。

她看着天上飘着的风筝，想起姥姥说老白这是到阎王那里去报到的节奏，他们家大大小小十多只来路不明的猫,春天嚎得整个小院都要翻转了,这边一只那边一只来来回回的,都是阎王派来索命的,每年春天跳蚤成灾,邻居还专门打过《百姓关注》电话。

十

她坐在河岸上,两只脚悬在河坝的石梯上,他们在一棵柳树下挖蚯蚓。这不是钓鱼的季节,鱼不会浮上来扯钩。如果是钓鱼的季节,你以为你可以胆大包天地在这里钓鱼?他们你一言我一句地说着话,红豆一边往小竹篓放蚯蚓一边往她坐的地方看。他们不让她过来,说是在那儿放哨。

河对岸开满了黄色的野菊花,她的姥姥每次来这里散步总会采一把带回家,她喜欢闻那个浓浓的香味。她在等他们的时候,不停地往水里面扔石头。她的两个表哥并不喜欢她,他们趁姥姥午睡的空隙悄悄跑出来,担心她告密才将她一起带出来。

他们往河对岸那边走,两个人跑得很快。她看着他们,再往前就是河的下游,要到达对岸就要踩水过去。他们在那里绕了一圈,回过头来朝她招手,风里传来火车的声音,她朝着河的下游跑。他们已经踩过河去,水不深，有人在水里放了几块垫脚石。他们又开始跑起来，风里是他们的笑声，她试了几下，一脚踩进水里人也倒了下去。正午的阳光照在水面上，风里有野菊花的香味。

他们走远了。

她坐在河岸上哭起来。她知道他们会走另外一条路回家，把她丢在河边。她不敢往回走，这儿离家很远，要走过一片松树林，树林不远处是新建的财经学院，然后穿过一片破败的住宅，那儿有一群爱打架的野孩子。狭小的巷子两边的墙根上写着各种咒骂的话，黑色的白色的红色的，从巷口一直写到巷尾。她最怕的一句写在墙根下面：你家的小孩死了！

太阳被云遮住了，她回到刚才坐过的河岸上，把湿了的脚放进水里来回划了几下，然后抬起来让脚上的水淌进河里。不远处有一只风筝在天空中飘，她仰着头看着，太阳刺得她的眼睛生疼，那是一只蛇形风筝弯曲成一条轻轻的云线。天空里什么也没有了，只有光和风里的野菊花香味。

他们不会回来了。回到家的他们还会假装不知道她去了哪里，即使是她掉进水里了，他们也不会说实话。每天中午姥姥姥爷休息时，红豆就会带着她和绿豆溜出家门，在姥姥他们还没有起来的前十分钟里带着他俩摸回家中，坐在沙发上假装玩沙盘、拆塑料枪玩具。姥姥一次也没有发现过他们。

她歪着身体伏在岸上哭了一阵,然后睡着了。河岸上的脚步声从远处而来,她看到红豆和绿豆沿着河岸跑来,身后跟着半边街那几个孩子,他们也在跑。等到跑近时,她看到了他们手里的棍子,还有一个拿着一把西瓜刀。她把脸使劲贴在地上,声音像是从她耳朵里跳到脸上的,让她感觉到脸部一阵抽搐的痛,心脏也快跳出来了。

他们跑过她的身边时没有停留,脚上的碎泥土甩到了她的头发里。红豆跳过一块石头,他爬到高处去了,绿豆踩进水里,而他们从四面围过去。他们的声音在阳光下撕成了碎片,扎进河里,河面涌动着波光。她听见他们相互朝对方扔石头,听见他们把棍子举过头顶踩着水。

有人掉进河里了,打水的声音扔石头的声音混在一起朝她涌来。红豆和绿豆重新跑了过来,他们拉着她飞快地跑。她跟在他们后面,听见河面上传来救命的声音,她回头看见河里的人,一上一下地扑打着水,看见他沉下去的手在空中挥舞。

她说他要淹死了。他们不理她,拼命地跑。她看见那几个孩子也在跑。她跟着他们跑过所有让她害怕的地方,他们把她甩得老远了。

跑过松树林的小路时,她看见那几个人从小山坡上冲下来,飞快地从她身边跑过。她看着他们离她的两个表哥越来越近了,她两脚软了下来,跪伏在地上,她的耳朵里又被脚踩地的声音填满了。她知道两个表哥和他们并没有打起来,而是各自朝家跑。河里留下的是喜来。

小草

她和她的爸爸沿着河岸跑,风筝掉到水里去了。她拖着湿风筝跑了几步,为什么风还不来?然后她坐在河边一只脚落在水里,仰面朝天笑。

他把风筝一只一只地放在天上,她数着一只两只三只……是不是风筝飞到云里,妈妈就醒来了?他说是的。要多少只风筝一起飞进云里?一只就可以了。

她站起来朝着远处跑,手里的风筝忽高忽低。他跑在她的身边,两个人越跑越快。她放开手,风筝掉到了树上。她要他上树上去取,他看看树的高度说,如果我从上面摔下来,你可要守在我身边。

她仰着头,太阳的光照在树缝间,地上的花被他们踩碎了。他从树上跳下来,假装摔倒,躺下去。她跑过去骑在他的身上。他们在草地上滚了几转,身上全是碎草。她问他听过《小草》这首歌吗,他说你怎么知道的。她说我们院子里有人天天放这个歌,妈妈受伤那天他们还放着这首歌。他说我当然听过,上警校时还跟你妈一起用这个歌编舞。

她笑得咯咯的,她让他跳给她看。他趴在地上不肯跳,她推搡着他,他就在草上做了几个飞翔的动作。她不笑了,把头埋进草里。那是春天,到处开满了花。她说小草好可怜。他说为什么。她说没有花香没有树高,它为什么还要活着?

他沉默了一会儿说,这个问题你也问过妈妈。她点点头。妈妈怎么说?妈妈说如果蝴蝶来了,它就要活着。

来了一只蝴蝶。她起身去追蝴蝶。他看着她,想着伊雯跟他跳舞的情景。那时的伊雯英姿飒爽留着短发,两个人也花前月下卿卿我我。可是他们结婚后为什么总是争吵?伊雯受不了贫穷带来的恐慌,而他却受不了伊雯对恐慌的表达,两个人就针锋相对。伊雯说要离婚,他说离吧,却总也没有离。

现在好了,不用吵了。我真蠢啊。他感到沮丧后悔,一切无法重来。如果老天垂怜就再给我一次机会吧!他看着天空翻卷的云欲哭无泪。

她在远处喊他,她摔到了沟里。那儿有一片矢车菊,几只蝴蝶飞在紫色的花丛里。他们还是同学时,伊雯喜欢采一把矢车菊插在花瓶里,躺在开满矢车菊的草地上,叫他去不远处的河里打水,然后洒水让那些花显得更艳丽,有点乐此不疲。

她把摔伤的小手举过头顶说,是要让云里的妈妈看见就会醒来。他把她和风筝一起扛在肩上,太阳落到了草地的尽头,晚风中的蝉鸣让他黯然神伤。

十一

喜来身上裹着麻袋。不是麻袋,是席子。你确定他埋在这里?确定,你看那个小土坡是新土。为什么没有坟?可能是短命鬼吧。红豆这样说,一边跑一边朝喜来的坟上扔了块石头。绿豆问他怕不怕。他说就是因为怕,才压上石头让他出不来。

她踉跄地跟在后面。她说喜来是你们搞进水里的。你放屁,我们离他那么远,是他们自己人把他搞进水里的。她说如果你们去拉他,他就不会死。你咋不去拉他,你跑得比兔子还快。

他们跑过埋喜来的那个土坡,风吹远处的树林沙沙地响。她跟在后面摔倒了,爬起来又跑。他们在前面朝她撒沙子,说是埋掉脚印,不让喜来跟着他们找到路。她哭了起来。他们跑到远处的土沟里躲起来,依然朝她撒沙子。

等她走近了,两个人就站在岔路口上,一人手里拿了根棍子,从她身边来回地穿过。他们说我们给你驱邪,免得野鬼附你的身。

她止住了哭。

天黑前,她站在诊所门口等着买药的姥姥。卖蜂窝煤的人从远处走来,他拖着空了的板车,车上依然坐着两个孩子。他的老婆手里提着白菜,背上的孩子正在熟睡。板车后面的塑料袋里装着纸和香,他们一家人走过她的身边时,她转身就跑。

夜里她把头蒙进被子里,脑子里全是喜来站在石梯上,他要给她取树上的风筝。

十二

下雪了,街上铺了层薄雪,踩上去会滑一下。蜂窝煤的板车上也铺了层雪,没有卖出去的煤的蜂眼里全是雪。

她跟在红豆的后面,他要带她去大营坡那条路上买糖。她问他绿豆还来不。他说不来了,他爸爸下岗了。什么是下岗?就是没有地方上班了。为什么?说了你也不懂,绿豆要好好学习,不能跟你混在一起。

街道上五花八门地摆满了各种糖,板车从这头一直铺到那头。红豆带着她在板车间穿来穿去。他一路问着糖的价钱，假装要买的样子，东家吃一颗西家吃一颗，悄悄地往兜里放。她跟在他后面，提心吊胆地走着。他来来回回地这样一路吃着人家的糖，得意扬扬地说着他们要去越南的事。我们都走了，姥姥家只剩下你了。

她埋着头，地上的雪很快就被人踩化了。他带着她朝人群中间钻，在挤来挤去的人堆里，有人把鞭炮放在地上，炸得烟尘满天飞。回家的路上，她问他怎么才能让爸爸妈妈回来。他走在她前面，故意踢着地上的纸片说，你看过《卖火柴的小女孩》没有？她说看过。他说那就对了，半夜你划亮火柴他们就回来了。她说哪里有火柴。姥姥的屋子那个写字桌的抽屉里就有，姥姥用它点火烧香。

她坐在黑暗里，窗外的雪越下越大。她划亮火柴，一股淡淡的烟雾缭绕，火光一圈一圈，蓝里绕着橘红，很快就熄灭了。她轻轻地又划开一根，火苗弯曲缥缈。她努力想从中看到妈妈或者爸爸，她一次又一次地划亮火柴，只剩下最后两根了，她紧紧地把它们握在手里，屋子里烟尘飘荡，就这样她睡着了。

花

情人节到处都是卖花的。喷水池的水是彩色的，她一路小跑。妈妈牵着她的手，那是灯光。有人把花送到她们面前说买花吧。世界上有没有花做的风筝？她看着沿街一字摆开的鲜花，红玫瑰白玫瑰紫玫瑰染了色的蓝玫瑰，满天星包裹着各种玻璃纸捆上彩带，在闪烁的灯光下让她眯上了眼睛。

你为什么喜欢风筝？她的妈妈一边看花，一边问她。因为我也想飞起来。妈妈选了红玫瑰，她不需要外包装。她的妈妈喜欢花，每年的情人节都要买花。她爸爸总是说妈妈傻，情人节的花贵不值。而妈妈却像控制不住自己，非要在情人节买花，而且比平时还要买得多。她的爸爸从人群里穿过来，他给她的妈妈买了染色的蓝玫瑰。妈妈说我不喜欢这个颜色。她说我喜欢。他就把花送给了她。为什么是一朵？因为一心一意啊。他把她举起来放在肩上，涌动的人潮闹闹嚷嚷。

为什么要送花给妈妈？

你妈妈想要啊。他耸了一下肩，她坐得更稳了。

他们跟随朝前的人流一起涌动，她说警察抓小偷，我看到舅舅了。他问抓到没有。小偷还在跑，所有的人都在跑。舅舅在哪里？他从警车里刚下来，我看见他的枪了。他拿在手上的？没有，在他的腰上。

她坐在他的肩上，昂扬着朝远处涌动的人看过去，除了卖花的还有卖吃的卖百货的，喷水池到了晚上就成了一条夜市街，车堵成了一条长龙缓慢地摆动，交警把它们引向另一条路上。天上飘下零星的冻雨,寒气加重了。人群如波浪一样,使得他们不得不朝前。

她说,抓到了,小偷被堵在栏杆那里了。警察过去了,有人打小偷,他出血了。她捂住眼睛。舅舅会不会打人?不会,舅舅只会抓人,他说。那你呢?我只会打老鼠。

他把她放下来,他们走上了德克士的楼梯。屋子里人不多,他们坐在靠窗的地方,妈妈把玫瑰花放在台子上。从落地窗望出去,斑斓的街道涌动的花和人都变成了光影,警车上闪动的红灯蓝灯,随着她想象出来的声音流走了。雨水落下来,卖花的人穿上各种颜色的雨衣,他们也变成了大朵的花,行道树上挂满了彩灯。

他抬着她喜欢吃的炸薯条、炸鸡翅、鸡肉汉堡,侧身绕过站在中间的一个小姑娘。她看见他把盘子举过了头顶,表情夸张地冲她挤眼睛。她看着他,他的身后走着一个穿蓝色工作服的女人,一脸疲惫,抬着汉堡和一杯可乐。站在中间的小姑娘迎上去,女人弯腰将盘子递给小姑娘。小姑娘刚一转身,啪!盘子掉地上了,随着就是小姑娘的尖叫。那个女人抬手就狠狠地打了小姑娘一耳光,转身扯住她的耳朵往外走。

他把盘子放在桌子上,她拿起鸡翅递给妈妈。爸爸妈妈不喜欢吃汉堡,你自己吃。你们为什么不喜欢吃?因为我们不饿。

她问妈妈小姑娘为什么要挨打。罗伊雯说因为小姑娘让妈妈伤心了。可是她不是故意的。当然,她们没有钱再买一份。

她的妈妈看着窗外。她不再说话。

十三

她在一阵敲门声里醒来。红豆说外面下大雪了,快点去踩雪。

她从窗户往外看,到处白茫茫一片,鸟从屋顶上飞过,雪光耀得人睁不开眼睛。档案馆的那条大黄狗躺在雪地里,有人从它身边走过,转回身来发现它已经死了。铁门半敞着,一些歪歪扭扭的脚印还没有完全被盖住。

红豆把鞭炮埋进雪里,她捂住耳朵雪就炸得满天飞。他说他们家要去越南,不回来了。她问越南在哪里。他又点燃一根鞭炮说,在你不知道的地方。他从兜里拿出一个巴西龟给她看,说越南来的,卖给你。她看了半天说这是只死龟。他说你就不懂了,这种龟睡着了,要睡几年。

她不说话,想起了一直睡着的妈妈,小手在雪地里胡乱地抓着。红豆看出了她的心事,收起巴西龟,把埋进雪里的鞭炮捡起来说,我给你说,我们不在姥姥家过年,明天我们就走了。你爸爸不会回来了,他们不让我给你说。

她埋着头。

有人从远处走来,雪地里起起落落的脚步声很响。她回头去看,小姨和小姨父提着很多东西,从斜坡上正走下来。

他们带走了红豆。

临出门前,红豆把望远镜给了她。她问:"你们不回来了?"

他笑笑说:"会回来的,等你长大了,我带你去越南。"

他抱了她一下。她哭起来。他说:"你不许哭。"

她说,有个风筝要送给他。

他说:"下次吧。"

她站在凳子上,躲在花盆后面,用他给她的望远镜看着他们。她看见他回头来朝这边看了几次。他知道她看得见他。

十四

她伏在地上,风筝上的颜色杂乱无章。姥姥说要带她去看她的妈妈。她不知道这是第一次,也是最后一次。

她盼望着第二天的到来，想着妈妈睡在医院里的样子，想象着她的风筝在天空中飞得很高。对面屋顶上的花已经开了，鸟在屋顶上蹿来跳去。

她把涂了又涂的风筝放在地上，静静地坐在老白家的石梯上。老白自从过年就没有开门，店门紧紧地关闭着，还能听到猫在屋子里翻腾的声音。卖蜂窝煤的人家，也回老家过年去了，他们的门没有上锁，屋里的东西除了树上的，都搬走了。

姥姥提着个装水果的篮子，她跟在姥姥的后面。她们走在医院的过道上，迎面而来的穿白褂子的医生，像是从云层里飘来的一样，轻轻地飘过来飘过去。她跟紧姥姥进了病房，医生们站在那儿，她的妈妈静静地闭着眼睛。

她凑过去，从大人的手臂间穿过去，她的脸离妈妈很近，她感觉到了妈妈的呼吸。她看着妈妈，她看见了，看见了她的妈妈动了一下，妈妈的眼睛微微向上动了一下。她喊了声"妈妈醒了"。正在说话的医生们都看着她的妈妈。

她的妈妈又一动不动的了。

医生说你要签字。

管子拔了人就没有了。

所以你要想好。

有醒来的吗?

这个概率小得难以置信。

姥姥长叹了一口气。医生问罗伊雯的丈夫怎么没有来。姥姥说在外执行任务,三年五年回不来。医生说,这个字你确定自己可以签吗?是的,他已经无法联系半年了。

她摸着她妈妈的手叫着说,我真的看到妈妈动了,她真的动了。

风筝

院子里,她一个人坐在石梯上,风把花吹落下来。她把风筝放在腿上,静静地等待着,她相信等风来了,她的风筝就能飞起来,她的爸爸就回来了。

又是一阵风,她朝着斜坡跑下去。风筝就要飞起来了,她也快飘起来了。她细细地数着,我的梦,妈妈的梦,就是没有爸爸的梦。

午后,我们说了什么

很多年了,我都没有见过他。

母亲给他开门时,我在楼上校订书稿。除了门的声音,我听到了他咯哧咯哧笑着与母亲寒暄的声音,感觉像进来了一群人,脑中简单地闪过一些他小时候的情形。

后脑勺编了条小辫子,放学站在最前面,举着个"一年级二班"的小牌子,昂扬着头的他还是小小孩,而我站在队伍的最末端。

那时秋天的阳光落在房屋上,折射下来照亮了学校空地上的树木,我们初入小学,惴惴难安,学校大门一开,母亲就随着人流涌进学校,站在教室外面引颈而望。我常常站在明暗交错的树荫下,跟着他领着的长长的队伍走在老师后面,哗啦啦的队伍朝大门涌过去。

稍大一些的他,坐在母亲的课堂里,脖子上围着三角形淡蓝小方巾,课间休息时,忽地一闪就从我身边过去了。每次母亲讲完课他半趴在桌子上,只要有人从他身边经过,他就会竖起中指"猫"别人。同学冲他一阵暴骂,有时候还冲到他面前比画着要打他,中指在他眼前晃来甩去,甚至要贴到他脸上。他仍然趴在那儿不动也不还嘴,像是这事与自己无关。母亲说,你怎么能这样?他把两只眼睛埋进手腕,诡秘地看着她。她说,你以为我不知道那是什么吗?他就突地笑起来,笑得起劲,全身都动起来咯哧咯哧的,为母亲知道中指的意思兴奋不已。

几年前我见过他的照片。背景是贵阳这座城市标志性的繁华地段——喷水池,也有人把它读为"粪水池"的,这个绝对不是幽默,常常让我产生各种错觉,不堪忍受。前些年城市改造,把先前铝金的四个扫把顶着一个球的建筑消除时,水还在从球体里往外喷。这样的改造引来一些热议,大家以为改造后的喷水池不再喷水,喷水池不喷水就不是喷水池了,甚至连文化意义也改变了。好在改造后的喷水池远比先前漂亮,花池形成的四个角,水从四面喷出来。

照片上的背景时间是热闹的情人节夜晚,他蹲在明亮闪烁的大街上,身边堆着大簇的九百九十九朵粉红玫瑰。几分钟前他还兴致盎然地在喷水池卖花,几分钟后那堆花就落入城管手中,零落般地倒伏在车厢里。他蹲在城管脚下,紧抱着一簇花,对着镜头傻笑。

照片是在微信朋友圈看到的。之前他在微信上跟我说他想来看母亲，说母亲改变了他。他问我："妈妈在不在家？"我对于他能这样称呼我的母亲感到温暖，除了我还没人这么叫过她。

母亲听说他要来很高兴。我想她更高兴的是能改变别人，尽管我知道母亲也许想不清改变了他什么。成绩。人生方向。对这个世界的认识。这些当然都说不上。母亲的高兴有点盲目，这么多年了，有人还能感恩她记得她，她当然会暗自高兴。母亲老了以后，好像更愿意有孩子给她打个电话，或者来家里坐一下，对过去做一次回顾。母亲说孩子们都长大了，她很愿意去听他们说小时候，或者后来他们生活中的事情。

他从楼梯间走上来时，挡住了午后的阳光。他像是突地闪现，悄然而至衣袂飘飘。果色偏蓝的长衬衫，大甩裤没有完全盖住脚踝，能看见他没有穿袜子。由于刚从太阳下进屋，脸上的脂粉流光溢彩，口红大概在进门前重新抹过，红得透亮。他朝着我走过来，顺手把一瓶粉色外包装的洗衣液放在楼梯口，一如小时候那样从我身边溜了过去，然后举了一下另一只手里的一瓶葡萄酒，又对我提了一下眉毛，自如地坐在我对面。

他身上扑出来的脂粉味让我有点自惭形秽。我从书桌前移到了一张木沙发上坐下，我们之间隔着开红花的水栽植物。他正好坐在我刚刚浇过水的两盆红掌中间,整个人更加红光满面。我不太好意思看他,我们左顾右盼地说着话,问他要喝些什么茶。

我将水壶打满水绕过他,把电水壶放在他脚边的充电线上烧。他轻轻地挪了挪脚,拿开沙发边放的那本《在斯万家那边》,妩媚地拍拍他座位旁边的位置说,你真的不用这么忙的,我不喝水。他比我美,他真的比我美。他说话时两只圆圈状耳环随着头轻轻地晃动。我说等水烧好了给你泡杯茶,你稍等一会儿。他笑着举起手里的酒瓶,优雅地喝了一口,表示他喝酒就行了。

太阳晒过来,书柜前的几棵海棠花也开得正艳,我摆上洗好的樱桃。他问我樱桃是自己种的吗,我说买的。我们一起朝玻璃门外阳台上的那棵结满樱桃的树看过去,树上的樱桃没完全熟,还是橘红色的。母亲从外面的院子里走进来,告诉他过几天鸟就会飞来,当着她的面把樱桃一一摘走。他用了一个非常夸张的动作,先拍了一下掌,接着捂住嘴巴笑起来说,真好玩。

我们会心地笑起来,空气变得轻松跳跃。我们一会儿说他小时候,一会儿说他现在的生意。之前在一家连锁美容院做化妆师、香水推销员,现在卖品牌洗衣液。那不是普通的洗衣液,他说是一种味道比薰衣草还香的、含磷最低的天然材料做成的。你会喜欢的，用过的人都会喜欢的。他很有把握地说。

母亲问什么是磷。他说就是现在超市里品牌洗衣粉都含有的一种化学物质，对身体有伤害，尤其影响钙吸收。母亲问，是不是传销或直销？他说不是，他有具体的公司。他说我们也可以加盟。母亲说我听不懂。他说你不用懂，太简单了，哪个家庭都需要用的，特别是女人们都要洗衣服，有钱大家赚，过两天我再送几瓶过来，你直接介绍给你的朋友或者学生家长。他对我使了个眼色，期望我能在母亲面前插句嘴，替他把这单生意做成。

我没说话，我看出母亲有点蒙圈，她抬起杯子喝了口茶，让杯子挡住她的表情。

"给学生上课与推销洗衣液，好像隔了几个频道耶。"母亲尽量地说得轻松，不让他和我都感到尴尬。他又笑起来说："都是挣钱，管他的。"

母亲有意把话岔开，就夸了他一句，我也不知道怎么母亲就突然夸了他一句。他很来劲地咯哧咯哧地笑，又是捂嘴又是喝酒，仍然保持着一种接近优雅的状态。

他说自己对现在做的工作倒是很有激情，充满了创造力。母亲问他激情怎么说。他说每时每刻都有可能赚钱，不要看现在我们坐在这里聊天，实际上潜在的市场正在酝酿。我正喝进嘴里的水一下扑出来，他笑得前弯后仰,像是过了气。我想他一定不会明白我为什么会喷茶,他一定误以为我信了他的话。

他又转过身,用手理平他坐皱了的裤子,看着我,又露出和小时候一样的坏笑,得意地说:"不然你跟着我去做点生意?"

我急忙放下手中的茶杯,伸出我的双手,平摊并拢伸到他面前给他看中间的缝隙:"看嘛,不行,漏财的。"

接下来他不笑了,拿起刚才没有燃完而搁在烟灰缸上的烟抽起来。我很快用纸巾擦去刚刚因慌张放在桌上后杯里晃出来的茶水,在脑子里寻找着别的话题。我想把话题转移开,并且快一点结束所有的交谈,他说好要在家里吃晚饭的,现在距晚饭时间还很长。

他收住笑,平静地看着我,若有所思地说:"所谓创造性就是把产品天花乱坠地夸,根据不同的对象不失时机地抓住他们的需求点。"

我从侧面看着他,刚才因为过度笑后留在脸上的红晕还在,我想象着他面对客户的样子,也一定如在我面前一样轻松自如,让人觉得他不是在推销产品,而是在玩一种古怪的时而让他亢奋、时而又让他平静的游戏。

他意识到自己的语速快了,稍微平息了一下,语调缓慢地说当然也不是浮夸,我们的产品本来就好。我不知道他说的是真的,还是一种幽默。

接着他又是笑。我看着他,把两只手握在一块儿捏了捏,一会儿低着头,一会儿又抬起来看着他。看出母亲打消了先前对他一厢情愿的判断,心里那点小温暖小自我小安慰没有了。我也感觉到了另外一种陌生和冰凉,那就是自我的与世隔绝。这个世界的纷繁和他的难以捉摸,让我有点走神和自责。

他说母亲改变了他,母亲的课堂是一个大大的梦幻。我笑起来说类似于奇幻漂流。他一连说了两个是的。我们一起笑起来。

我递给他一支烟,他摆摆手从包里取出一支细长的烟和火柴,冲我笑一下,划亮了火。他把燃着的火柴送过来,我点上了烟。我抽的是十二元一包的"黄果树",而他抽的是一百元一包的女士"和天下"。我吐了一口烟,他没有吐烟,换了跷腿的姿势,拿烟的手呈兰花状始终不动落在腿上,像一只受惊吓的燕子那样立着。

我抽着烟眼睛落在了他涂了紫色指甲油的兰花手指上,顺着看过去,他手腕上戴了块玫瑰金的手表。他看我看他的手表,就轻轻地举起手,抽了口烟后把手腕朝外翻出,轻言细语地对我说这是意大利名表"欧米茄"。我好像听说过,随口说了句好贵。他叼着烟,一只手把另一只手的袖口使劲拉开,表在他瘦弱的胳膊上显得很大。他说:"不贵,我和朋友一人买了一块,一块才几万美元。"

母亲看着他,他站起来把手举起递到母亲面前,好让她看清表盘。又怕烟熏着她,歪着头吐了口烟,接着说一块表算什么,我去年一个人去新西兰,几天就把二十万人民币花完了。

母亲把手从他的表上移开,他坐回之前的位置。母亲说:"你怎么花的?也太能花了。"他说就吃啊住啊买东西啊。母亲看了我一眼,有点羞愧,对他说:"你妈太有钱了。"

"没以前有钱了,都被我败光了。"

他嘿嘿地用手捂住嘴笑起来,眉飞色舞地翘起一根兰花指。

"妈妈做了主任医师了,应该比以前更有钱。"

母亲抬起装樱桃的碗示意他吃。

他摇摇头说:"我们买了几处房子,没有租出去,有价无市的。不过我将来可以坐吃等死了。"

他轻描淡写地说,然后灭掉了手里的烟。

我接过母亲手里的樱桃,一边吃一边对他说:"你从小就在钱堆里长大的。"

他很高兴地又点了一支烟,头微侧着嘴巴朝上吐了口烟,转过头来看着我等我把下面的话说完:"你不是富二代,却过着富二代的生活,挥金如土。"

这一次他把手抬得很高，落下来轻轻抖掉了烟灰，不以为意地笑得很沉稳。

我想起他的爸爸曾经做外贸工作，从外形看是一表人才的高个子，而他的妈妈生得矮小温柔，说话都怕把蚊子吓飞的那种，夫妻关系不好。那时母亲跟他的妈妈倒是有些共同语言，两个孩子同在一个重点小学的班上，偶尔因孩子而说上几句话，她会轻声细语地说到自己的丈夫，说完了就问母亲过得怎么样。

在他按灭烟蒂仰头喝酒的时候，母亲问，你妈还跟你爸爸在一起生活吗？他把瓶子里的酒倒进杯子，举起来摇晃着轻言细语地说："我妈太软弱了，她不忍心抛下我爸。"

母亲说你爸很高大。他说你知道的，我爸当年做外贸，没有生意可做在家待久了，火气越来越大。开始一发火就摔东西，后来我上学不努力，他跟我妈一吵架就动手打她。

小时候他说他妈妈常常被打得鼻青脸肿，我还以为是他说话夸张。

我不说话，静静地听着，脑子里想着他妈妈的样子。医生在二十多年前就显示出有别于普通人的优势，是一份人人都可能有所求的职业。记得那时候有个同学的妈妈想生二胎,他妈妈为了能让自己的儿子有个玩伴,就给同学妈妈出具了一张"脑瘫"的假病历。他上学一路绿灯,从小学到初中再到高中统统找关系。

母亲说:"你到了中学是什么情况,我就都不知道了。那时我们搬家的,你妈妈还带着你来过。"

他眯缝上眼睛,也许是躲避他刚刚吐出来的那股烟看着我母亲说:"你知道的,我从来都不喜欢学习的,只有在你的课堂上我才听一下课。初中和高中我天天睡觉,我妈找各种关系让我进入高中,其实是怕我犯罪。"

他喝了一口酒,修饰得如柳叶一样的眉向上挑了一下,有一股淡淡的忧伤显出来。我们一起看着外面阳光随着风一起一伏地移动。他说:我根本就不是读书的料,我爸爸他不知道这个,心存妄想把他输掉的人生希望寄托在我的身上,他担心我会像他那样悲惨。他上过大学都如此,我不上大学会比他更惨,他心里一定是这样想的。所以看着我天天玩,他都要被焦虑烧死了。

我看着他调整了一下衣领,脖领处染成了乳粉色,我把眼睛落在他扑了过多脂粉的脖子上。他说话时我没有看到男人上下滚动的喉结,他的嘴唇在酒精的作用下鲜红透亮,他双手朝前抱住了膝盖,身体微侧着很优雅。

我说你妈真有本事。他说不是,是我干妈有本事。

我干妈在教育厅，两个干妈都能干。我的表情可能有点迷惑，所以他干脆地笑起来说，她们都是我妈的病人。他说他在这些烂学校转过来转过去的，每天的事情不是玩就是睡觉。

我顺着他说的话，脑子里映现出他在学校的样子。一个人好吃好喝地睡在寝室里，出门来是因为太寂寞。

他说，有一次把事情玩大了，我把一个女生脱了衣服关在厕所里，但我什么也没干啊，就关了她整整一天。她爸爸扬言要杀我，每天到学校外面等我，有几次我快走到大门外了，同学看到了她爸爸，他正在向同学打听我，他的女儿站在离他不远的地方。其实我反身朝后跑的时候，她是看到我了，她的爸爸也看到我了。他朝学校大门跑过来，保安拦住了他。我跑得飞快，命都跑脱的速度。妈妈就又花钱找了别的学校。

我们在他轻描淡写的说话速度里，也没有感觉到丝毫的危险什么的。我们说起了他小学五年级时，也是惹到了一个同学，同学的妈妈跑到学校来揪住他就打。一场家长之间可能爆发的战争，却没有发生。母亲说："你妈真是温柔，居然没有去找那个阿姨。"

他笑了起来，咯哧咯哧的嘴巴也合不上，他的牙黄得都快变成炭色了。他说他没吃亏，抓烂了阿姨的衣服。这时他用手捂住嘴巴。也许他知道自己牙黄，厚嘴唇上过重的口红挡不住它，就用手去挡。放下手时补充了一句，我扯掉了她的内衣带子。

他笑得更厉害了，像是那种别人狼狈的样子，就在他手里握着。他笑我们也笑。母亲说："难怪你妈妈稳得住。"

后来我们又把话题扯到了他的第二任朋友身上。第一任自然是同学，跟他一样在学校里无所事事地混日子。第二任就不一样了，她很成功，是在干妈家的亲友聚会上认识的。她说在饭桌上时大家有说有笑，我完全没有注意她，因为她已经四十多岁了，一个老女人。他说话的语调变得温和，我看着他，他慢慢地抽着烟，然后吃了一颗樱桃，像是想要打岔似的细嚼慢咽地品着。

我不说话，静静地等着他重新抽了一口烟。他说她在饭局结束时，突然走到了他的前面，然后为他打开了门。她是个情场老手，一眼就能看出我能上钩。我们就这样好了两年，然后分手了再没有联系。

他淡然地笑了笑，看不出他有什么伤感，像是很久以前发生在别人身上的故事。我的脑子里快速地想着他们在澳门豪赌的情形，辨别着这个只在传说中存在的赌场与他的关系。

他看着外面的一个笼子问我养狗吗，我又点了一支烟说，之前有一只小比熊，死了。它死了，它的样子——病重时从笼子里跑出来呕吐，我抱着它毛茸茸的身体，还像一根刺扎在我的心上。

看到他对我的小比熊或者它的死无动于衷，我又很快把话题回到他身上来了。我问他两个人分手痛不痛苦。他停了一会儿，他没有摇头，两只耳环却随着他抬起的手摆动了一下，他抬起手是把烟灰抖掉。

我觉得自己问了句不该问的话，就又点了一支烟。在他面前我感觉到自己生活的随意和粗糙。几只鸟飞过来，在结满樱桃的树上叽叽喳喳地叫，又扑打着飞走了。他说没有痛苦啊，不过是好聚好散。

他又开始吃樱桃，微低着头，有那么几分钟，我们和他都沉入樱桃里无话可说。然后我就无话找话说。我说我非常喜欢张国荣，简直是从天道来的。我想我是想尽可能地表达一种美好的认识。

他抬起手看了一眼表，轻轻地笑笑说不喜欢。这种笑让我怀疑他是否知道张国荣。那你喜欢谁？我又问了一句。他吐出樱桃核握在手中说，我谁也不喜欢，我只喜欢钱。我们三个人都开心地笑起来。母亲说有追求哈。

他问我母亲还记不记得小时候我组织他们去卖报纸。母亲说当然记得，刻的光盘还在。他又笑起来。我想起那个冬天我们十几个孩子哈哧哈哧在风雪中跑着，回来时只有他边卖边买吃的，结果连本钱都没有了。他那个年龄对花钱的轻描淡写和从容,是因为他的优越是别的孩子没有的。记得面对电视台记者的镜头时,他自信地说长大了就是想挣更多的钱。问他挣钱来干什么,他突地笑了,说挣钱不需要理由,每个人都想挣钱,数钱数到手抽筋。

他的手机响了,他用抽纸慢慢地擦了一下手,冲我笑笑。我起身下楼取来葡萄酒,坐在他对面的凳子上,往两只高脚酒杯里倒酒,他边接电话边用手轻轻地表示谢意。

他说我给你说了我在老师这里。什么?你已经安排了?还要见省委那个爷爷,他儿子也在?母亲问他,是你妈妈?他边说话边对母亲点头表示是。母亲又插了句说,问你妈妈好。他点点头,突然放慢了声音说,你放心,我比你会表演,你就不要教我了。

我喝了两口酒,他挂了电话也抬起酒杯,他没有代母亲向他妈妈问好。他妈妈也听到我母亲的问好了,却没有回应,他们都只自顾自地说他们认为重要的话。

这个温柔得没有防线的医生,我已无法想象她现在的模样,之前儿子还五马六混惹祸生事时,不管在哪里、不管多晚,只要听到他与我和我母亲在一起,她就安心了。

那时她和母亲都有着共同的目标和向往,她对孩子的未来还抱有希望。现在没有了,她心里的希望变成了儿子能快快挣钱,把所有可以用上的关系都用上,她也许比我们更加明白世态炎凉,人走,茶何止是凉。她也老了快退休了,而儿子的挣钱基业还没有建立坚实的网络。她真的是为儿子想得太多了,一心想为儿子只手遮天。从他入学那天开始,她就铺张出自己的能量,让儿子事事出人头地。只是事与愿违,儿子偏偏要朝着她的意愿相反的方向走。

母亲说,你妈安排了饭局,你就去。我也对他点点头,表示他应以发展事业为重。

他又点上一支烟慢慢地抽起来说,不忙,我妈心急,恨不得让我的生意马上火起来。我们说起了他的大学。他说那是一个很不好的艺术学院,不过能去那里已经很牛了。他跷起一条腿把两只手交叉放在一起,拿烟的那只手半立在另一只手上,我们一起看着他手里的烟缭绕开去。

我静静地等着他往下说,他却又笑起来问我们,猜一下我高考能考多少分?他还真的把我们问住了。

我对着他摇摇头说猜不出来,他就又笑起来,举起拿烟的手并不抽,说,"我妈办了升学宴,场面非常大。像是要把我读书这些年成绩不好带给她的耻辱全部洗掉。她的确做到了,我们光礼金收了这个数字",他把手指聚拢捏合到一起形成个"九"字。我说九万啊,他轻描淡写地笑起来说,"九十万"。

他看了我一眼,又看了母亲一眼。我心里虽然为这个数字惊讶,却做出无动于衷的样子等着他往下说。他说你真的无法想象,所以我是不了解我妈的。我只知她软弱却不知她心里面装着什么。

我又喝了一口酒,继续抽烟。他说,我只考了五分。

他的眉毛挑起来,眼睛异常明亮。这一次他完全能把握住我的惊讶。我说你说什么。他把满是疤痕的手指又撑了出来,他说,是的,五分。

我被他确切的话弄蒙了,母亲说这不可能,五分怎么可以进大学。他咯咯地笑起来,又用手捂住嘴说,我不是有干妈吗?虽然去了最烂的学校,也不容易。我问他学什么专业。他说学艺术。我笑他也笑说,学什么艺术,我根本什么也不知道,我去了,钱也交了,然后我就回来了。

那么你干妈没有生气?我跟了一句。生气?怎么会?又不是她交的钱,我妈都不生气。

我们举起杯子喝了口酒,我说,你跟你妈住在一起吗?他说不,跟干妈住。我又喝了口酒,从心里佩服人与人之间这种坚固亲密的关系。

他说,其实也不是我不想拿个文凭回来,我差一点就命都没有了。妈妈没有对任何人说过发生的事情。她比谁都清楚只要我活着,有没有文凭都不再重要。

　　我沉入他的声音里,他说得依然轻言细语,依然像邻家发生的故事。抑郁症你知道吧?一个人在那边怎么不得这个该死的病?你想一下在一个完全陌生的环境里,没有一个朋友,没有一个人愿意跟你交往。

　　我不说话,想起因这个病离开人世的姥姥,深度抑郁症患者对钱的态度最冷漠,每次姥姥犯病前就会说我又开始恨谁在乎钱了。姥爷害怕把姥姥送到医院去,误以为在医院姥姥必须通上电,才能控制病情。

　　我问他那时在乎钱不。他笑了一下,没有回答我。

　　他说你刚才说张国荣,他跳楼了,我不喜欢,太惨烈了。我割了两次腕,第二次真的差一点就死了。都是死何必……

　　他咯哧咯哧地笑了起来。

　　我不看他的手腕,将目光移到他的脚上,涂了指甲油的脚趾弯曲盘绕在一起。我也试着笑了一下,他接连喝了两口酒,我站起往他杯子里倒酒,把剩下的全倒进自己的杯子。我举起杯子说你看现在越来越好了。他也笑着举起杯子,我们一起喝了一口,目的是想找到转移话题的方式。他说是的，会越来越好的。他也看了自己的脚一眼，然后换了一下脚趾相互盘绕的姿势。

他打开手机，让我们看他正在办理的各种公司审证照。他说有些审查很烦琐，好在妈妈神通广大，有些事情就没有那么难了。创业初期，也全靠妈妈的各种关系运行，你知道的现在的生意不好做，特别是实体店。

我想起之前他说的魔幻课堂，就说你是不是想开个魔幻公司。他说是的是的，就笑得满脸通红。

电话又响了，他拿起手机看了一眼说我妈，然后按掉了又说她现在就是性急，恨不得把全市的关系一夜间铺开。

他妈妈大概真是急了，又打他的电话。母亲起身表示要进书房拿东西，每次她总以这样的方式中断谈话。我提醒他说你快接。他看了我一眼，不等那边说话就说你急什么，我这边事情还没有谈完。他妈妈在那边说了什么我听不见，他说这边很快就完了，大小都是生意，商机还不是运转出来的。

他站起来说，我妈真的能折腾。

我不知道这个下午对他和以往在外面的午后推销有何不同。我送他下楼到门口，突然觉得让他空手而回怪难为情的。我就是这样一个人，总是觉得对不起别人，几年前经常有朋友卖衣服卖化妆品给我，并且有件衣服在街面上挂着甩卖都只值三十五元，卖给我时却多了一百，因为朋友送到家里来了，我不买真的对不起别人，然后就买了，却一次也没有穿过。

在他走下楼梯的那一瞬间，我小声叫了他一声说，要不你过几天先给我拿五瓶来吧。我知道我根本不可能去推销这个东西，五瓶分别送给亲戚们也挺好的。

他停下来笑了，很爽朗地小声说，没关系，我明天先送二十瓶过来。

产遗

一

父亲去世后半年，黄杰明收到叔父发来的邮件，信中提到父亲的遗产，要他尽快去处理。那封信隐藏在一堆广告打折邮件中，要不是他多看了一眼，就删掉了。

黄杰明租住的公寓在通往海天99号高速公路的交叉口，晚上他和李俏躺在床上听汽车不断经过，想象那是瀑布下落的声音。卧室里有一扇小小的通风窗，打开它时要站到椅子上去，李俏总是抱怨窗口太高太小。窗上有上一任租客遗留下来的用细小的铁丝绑着的紫色蝴蝶。她冲完澡，卫生间的热气难以散去，扑扑地在往他们脸上灌，热得他们整夜醒着。

夜里，他打开了风扇，想开灯去喝杯水，可灯和窗不能同时打开，灯源会吸引体积更小的虫子穿过纱窗。这会儿，窗外的声音并不比风扇的声音小——激烈的风声、树叶的抖动，还有拉货的火车呼呼向前，不停地鸣响汽笛。每一次火车经过时，厕所的水管都会震动，像是要爆炸了似的。他睡不着，他数不清楚旋转风扇到底有几个扇面，仿佛越数就会越多，风扇只有两个挡位，开或是关。

收到叔父的邮件后，黄杰明每晚入睡前或半夜醒来，都会沉浸在杂乱或想象出来的声音里。李俏躺在黄杰明的手腕上，想象他父亲留给他的遗产，那意味着未来的房子和生活，她几乎躺在钱哗哗作响的幻觉里。无论如何，叔父邮件里提到的遗产都让人振奋，那是绝处逢生的希望。遗产是多少，叔父没有说，只留下一句，你父亲的遗产还需要你来处理，像故意留个花样百出的谜题让他们去猜。

如果不是李俏对这笔遗产抱有热情和想象，黄杰明几乎不想去处理。父亲的病将他们家消耗一空，那些年他在建筑工地挣的钱，还不够付父亲的治疗费，黄杰明无法想象父亲怎么还会有遗产。

中国人。中国人。这是黄杰明到加拿大后听得最多的话。

爸爸在哪里？

"加拿大温哥华。"

那时候东方电视台每天都在重播《别了，温哥华》，爸爸在电话里告诉他，温哥华的大街上，有一种很久很久以前的煤气钟，每个准点都会发出汽笛声。他想象煤气钟发出的呼呼响声从开满鲜花的大街一直传到广州。那时奶奶随着叔父投资移民去了加拿大的新斯科舍省，后来搬到了暖和点儿的安大略省，只有他和母亲留在了中国。

他和母亲来的那天被称为登陆日。加拿大边境服务署挤满了人，一个挂着工作证的女人走向他们，一边对折单据，一边在上面画圈标出重点，引导他们向前走。那里面站满了妇女和小孩。

父亲来接机那天，冲他们挥舞着加拿大的小国旗。他们抱了又抱。父亲把行李塞进出租车的后备厢，司机打开车门，又帮忙把最后一件行李放了进去。

刚上车，黄杰明就感到眩晕。他分不清楚这是在飞机上还是在陆地上。那些远处的海和雾气都像是货船上飘出的蒸汽。他从后视镜里打量司机，司机是个外国人。在飞机上他也看见很多外国人，想和他们说话，把学校里学的都讲出来，你好，再见，晚安。他却不敢与他们的眼睛对视。只有在后视镜里，他才敢目不转睛地注视着那个外国人。

"在这里开出租车的都是印度人吗？"母亲问，听到"印度"，司机仿佛听懂了似的，从后视镜里打量着这个中国家庭。父亲点了点头，不去回应印度司机的目光。

"印度人开车,中国人就是开开饭馆、做做厨师,还能有什么?"

父亲把跷起来的腿又放了下去:"他们喊我们 chi chong,像剁菜板的声音。"

他不记得父亲说这话时笑没有。父亲从来没有告诉他们他在加拿大的工作,好像总是不停地换。黄杰明印象最深的是他忙碌的厨房,他在中国餐厅从早忙到晚,加上时差的原因,几乎听不到父亲别的消息,挣了多少钱也是未知。他从来没有给他们汇过钱,寄过一张照片,唯一一张照片。让黄杰明记住的不是照片上胡子拉碴的父亲,而是他抬起一只脚踩在一辆红色吉普车的踏板上。他曾无数次梦见过自己坐着那辆红色的吉普车去学校,小时候他对父亲的所有记忆,就是从红色的吉普车开始的。

在黄杰明的记忆中,有那么一两年,他的父亲是缺席的。偶尔会听到母亲与父亲通电话时的哭声,有时候,父亲会安慰哭哭啼啼的母亲,有时候他会听不下去,直接挂断电话,说是消耗不起电话费,有事写信说。

母亲那时候都不知道父亲究竟住在哪儿。他给她留了一个打工餐馆的地址,母亲常年往那个地址寄信,有时也寄照片。

那时候洗照片不容易,母亲拿回洗好的照片摊开在饭桌上来来回回地选，最后选了一张举在手里看了又看。照片里，她穿着黄色短袖衫配一条碎花雪纺裙站在家门口。她在照片背面喷了自己用的香水。香水的味道让人晕眩，还没等味道全散去，她将信和照片快速放进信封，希望将味道锁住。她想着照片和信要飞很久，飞越太平洋，飞越大西洋，到达时味道会淡一些。父亲会顺着这淡淡的奇异清香，想起他们。

二

黄杰明一家人最初住在一间小屋子里。他们到来的前一日，父亲专门在进门的墙上装了一面镜子。他的母亲在进门时看到了它，她站到镜子前照了又照，父亲知道她喜欢镜子。她说，国外的镜子是要比国内的亮些。

黄昏到来时，他和他母亲走在社区后面的小路上，那儿长满了荆棘和杂草，太阳强烈的光一直照射到晚上九点才渐渐散去。小路用铁丝网拦出来的地方爬满了刺莓，他和母亲提着小桶沿路采着，看见远处有人走来，他们就假装什么也没有干。

起初母亲的身体里还活跃着对新生活的热情，在屋子里唱来跳去，在新镜子前排练她过去学习的舞步，只是这面镜子更小、更扁圆，站得太近就会看不到脚的动作。出国前她是搞舞蹈的，负责百姓健康舞的传播，大十字中心广场上跳舞的人遍地都是，她带领着群众在文化馆整天唱唱跳跳过得很热闹。父亲走后，她在客厅里安装了一面镜子，挡住了一堵墙，她就站在镜子前排练着她的舞蹈，镜子让家显得更空旷了。现在到了温哥华，她一个人还继续在镜子前跳着。

父亲介绍了她去中国城的一家汽车旅馆做清洁。汽车旅馆不是真正的汽车旅馆，它只是为了和正规的旅馆区分开。她在房间走廊外挨个用蹩脚的英文喊"room service"，喊完一遍再用粤语说一遍，"搞卫生"。那时候不需要说普通话，说普通话的大陆客极少。她用两个超大型的拖布从两头对着跑一遍，再跑一遍，每天周而复始地这样跑来跑去。

来回跑动的时候，她确信没人看见，她对自己说权当是练功，身体前倾抬起一只脚，然后放下来再抬起一只脚，反复这样抬着抬着直到黄昏降临。

最初每天上班前，她还照一下镜子，扭扭身体看看有没有哪里不合适。慢慢地就不照了。她开始无数次重复那些对于父亲已经没有意义的责问，说没想到他在温哥华过得这么糟糕，还把他们也弄来了。她不愿过这种看人脸色的工作。

她问，我在这里到底是个什么？

父亲说，你在国内是什么？

她说，我是舞蹈家。

父亲说，不过也是个卖艺的，现在你卖劳力，都一样。以后会好的。

她就哭起来，原来以为外国的月亮会很圆，是啊，圆得我们都站不稳，被人踩在脚下。父亲就安慰她说，一切都会好起来的，我们的孩子以后就好了。她不听，继续哭闹，边哭边进厨房，看见什么就摔什么。摔得黄杰明惶恐，放声大哭。她才会跑过来抱住他，直到这间屋子，再也包不住他们一家的哭喊。

三

黄杰明翻来覆去调整姿势，睡不着是常事。白天他在建筑工地，穿着深筒雨胶鞋，准确迅速地将水泥搅拌器送来的水泥浆护送进地基的坑道管里。午休吃饭时，他坐在钢管上越过停止工作的吊车，看到工地外的马路上车来人往，两个穿着工装服的女人戴着安全帽，嘴巴里的哨子和她们的手势一样一起一落。她们举着大红色写着"停"的牌子左右晃动，指引行人走到对面安全的路上去，这儿在施工。这些单亲母亲，她们在工地上干不了沉重的体力活，只能在工地外面指引行人和车辆。夏天，她们也必须戴安全帽，穿着宽大的黄外套，汗流浃背地站在太阳底下。

下班后，黄杰明把脏雨鞋带回家，他没有把它放在门口，而是直接提进家来。李俏问他想做什么。他叹口气朝洗手间指了指说，脏得没法穿了，得洗一洗。李俏抱着双腿半靠在地上的弹簧床垫上，懒洋洋地看着他把外衣脱下来，说，等拿到你爸的遗产，就去租一套好一点的房子。

黄杰明不理她，走进洗手间关了门。李俏看着他映在玻璃门上的影子，走过去调皮地敲敲门说，你不要装没有听见啊，钱怎么花我都想好了。

黄杰明没好气地回答，钱在哪里？

你不是说你爹有段时间很神秘吗？钱可能是那个时候留下来的。

天黑前，乌鸦飞过小小的窗口，它们一闪而过，像是天上散落下来的黑色碎片，呼啦啦坠落下来，然后又在风中被扬起。风的声音和汽车的声音，在李俏的嘴里变得格外特别了。她说，心情变了，外面的声音就好听了。黄杰明不理她，继续把一块鱼类的拼图，往一块小木板上粘贴。

李俏侧着头看了他半天说，你有点无聊。

黄杰明埋着头，从小木块堆里捡起一块黑色的颜料，认真地填到鱼的眼睛部位。李俏静静地看着他把别的颜料抹了又抹，一块木板被他染得很乱。她用力往床上一坐，嘟着嘴说，你对遗产到底有什么打算？

黄杰明说，我想不出我爹会有什么东西留给我。

李俏笑起来，她看着那扇被风吹动的小窗户说，你就想象一下嘛，想象一下总是可以的。

黄杰明已经把拼图完成了，他端详着手里的作品说，我想不出来。

不管怎么说，我们得租一套新房子，我在网上都看好了。

李俏也跟着看黄杰明手里的拼图，一条张着嘴巴的鱼，想往树上跳。

黄杰明从来没有想过要搬家，那得多花多少钱，他只是工地上挣时薪的杂工，一小时二十块，每天和混凝土吊车搅拌机打交道，工作毫无技术可言，明天说没也就没了，他可以被任何人替代。

夜里窗外滴滴答答地下着雨，李俏走进卫生间，撕开验孕棒的塑料包装纸，做了尿检。她从厕所出来时，情绪有些低落，郁郁地躺到床上。

黄杰明翻了个身转向她，"结果怎么样？"

她不说话，缓缓地拉过他的手，放在她的腹部上。他突然翻身跃起，再将头埋下，贴近她的肚子，他不敢靠得太近，生怕她会感到不适，她感到他在颤抖。

李俏侧身靠在他身上说，我想把他生下来，你爸的遗产可以让宝宝长大，我们还可以带着宝宝周游世界，你说好不好？

黄杰明一动不动地躺着，他清晰地感觉到她呼出的气，在自己的皮肤上酥酥软软的，和着雨点慢慢地植入另一个黑夜。

四

他想起父亲，想起自己曾经画过父亲临死前脑袋凹陷进枕头的模样。父亲去世后一个月，他画过九幅这样的画。黄杰明是左撇子，一到画父亲的衣服时，他的手腕总会碰花已经画好的父亲的脸，像故意不想记住父亲的模样。

他听着外面的声音，想象父亲肺部感染的颜色，和父亲画像的颜色一定一致。尼古丁吸噬了他的每一寸肺叶，把它们染得像炭一样黑。不用凑近也能感知到他最后呼出的一口气，带着比平时更难闻的气味扩散在冰凉的空气里。

那年父亲离开家后,母亲整天坐在社区后面的小路上,也许她是在等他回心转意,也许是回忆他们初来乍到时的快乐。很多年后,她真的把父亲等来了,离家几年后的父亲患上了绝症,发现时已经是晚期。在父亲身患绝症走投无路时,她同意把父亲从医院接回家来。在此之前,那个跟他在一起的女人,在一场车祸中丧生。这是黄杰明始终坚守的父亲的秘密。

母亲在父亲临终前最后的三个月里,不停地把父亲的菜谱、他各类关于设计的书,拿到中国城的书店里去贱卖。那些大大小小的图册,她每一本都会翻开,看到复杂的设计图纸,她又从中抽回一本,想着也许将来黄杰明做建筑师还用得着。她从老板手中接过钱,直到推门走出,呼呼的风朝她脸上使劲地刮。

父亲在家里发出的气息越来越弱,母亲却开始忙碌,先从储藏室的砂轮钻头开始处理,然后是客厅和卧室,最后打开衣柜,把父亲冬天的呢子外套也收了起来,放进了储藏室之前放五金工具箱的位置,她坚信父亲熬不过这个冬天。

父亲最后的气息落到了床上。家里什么都没有了,人也就该走了。父亲走后,母亲的恨意无处释放,将这些年的埋怨都指向了黄杰明。他也就如逃难一般离开了家,再没有回去过。后来听母亲朋友谈起,她已经将房子变卖住进了疗养院。他想父亲离家是对的,如果不是死亡突然来袭,父亲永远也不会回到他们身边。

那个下午,太阳煌煌地照在屋外的草地上。母亲坐在屋子里,屋子朝北,没有光,她叫他进屋去,声音像从很远很黑的洞穴里出来,他感觉自己是飘着进去的,脚没有着地。她坐在床上,他看不清她蓬乱的头发垂下脸的样子。

坐着的母亲和他站着一样高,她手里拿着一张相片,问上面的人他认不认识。他低头不敢看母亲,不明白为什么母亲连照片中的父亲都认不出来,那个看起来高耸、胡子刚修过,甚至还有些意气风发的父亲。是他和一个女人的照片,两人手里都抱着一个孩子,站在商店的大门口,侧面是一排他叫不出名字、在加拿大随处可见的树,那个紧紧挨着父亲站立的女人,一头卷曲的乌发,黑皮肤笑容灿烂,露出一口雪白的牙。女人的脚踝很粗,踩在地上的一缕光里。照片像是对折过后印下来的,他不能把父亲和他们之间的关系联系起来。

他不敢说话。

上高中时,他的母亲突然会在他埋头沉思时,拿着他小时候她给他看过的照片在空中挥几下说:"你想知道照片里的那些人是谁吗?"不等黄杰明回答,她就会告诉他,那些黑人就是他父亲的野女人,还有他异母同父的妹妹们。这个女人为父亲生了一对双胞胎,后来又生了一个女孩。为此她们在新奥尔良的61站旅馆旁边得到了一处房产。

他们是怎么好上的?他记得母亲咆哮着问过,父亲说你们在中国,我一个人在这里,她对我好,就这么简单。母亲怒不可遏,说就这么简单,像动物一样。父亲说对,就这么简单。

五

天还没亮李俏就把洗手间的水放得哗啦啦响,她走起路来还用手撑着腰说她腰扭着了,说弹簧床垫直接放在地上不利于健康。她说她要去看看在网上才看过的房子,做好搬家的前期准备。黄杰明不愿听这样的唠叨,就假装还没睡醒。李俏在屋子里转来转去地说了一阵走到厨房里,一个杯子随后摔碎,她大叫起来,黄杰明只好起身。

李俏并没有去扫地上的杯子,而是把他头天拿回来洗的雨胶鞋提起来,对着黄杰明比画着说,你看看这个家哪里还有一点生活的样子?连一双破鞋都挤不下了。

你赶快把它洗了,我弯不了腰。以后这些东西不要往家里拿,脏了就扔了。

黄杰明不说话,打开水龙头洗冲胶鞋。李俏站在洗手间门口说,我在网上看好了一张床,要九百五十加币。黄杰明听到这个数字哆嗦了一下,水哗啦一下淋到了他的身上。她问他,你激动什么?他说你是不是疯了,那么贵的床买来摆哪里?李俏冷笑了一声,说,不是有遗产吗?黄杰明急了,说,你拿到了?李俏生起气来,她说他这个人最没有想象力,钱虽然没有拿到,计划一下、想象一下总该可以的吧。

黄杰明的脑子轰轰地响,他相信那个声音绝对不是来自水泥搅拌机。一个上午他都站在搅拌机前,看着水泥翻倒进凹槽里,想象着李俏在太阳底下去看房子的样子。大门外举牌吹哨的两个妇女,一个将手举得高高的,一个正引导一辆大型货车开进工地,路上的行人驻足在太阳底下等待过马路。他回过头,吊车起降时在空中画出来的弧度,让他感到了一丝担忧。太阳直射在他的脸上,他不得不眯起眼睛。哐啷一声巨响,那辆开进来的货车撞到了一堆横在地面上的钢筋上,司机的急速反应是在刹车的瞬间扭转方向盘,工地上尘土飞扬。他们都看到了,司机坐在高高的驾驶座上,他被扭转的方向盘呈45度斜角卡住了。工地上几个人围过来,他们抬来梯子试图打开车门,将受伤的司机弄出来。

救护车来了,受伤的司机被人从车里抬下来。黄杰明从一股巨大的呛人的灰尘里冲出来,耳朵里灌满了搅拌机和金属撞击的声音,他看见司机的手从担架上垂下来。

那天下午,黄杰明不再照管搅拌机,他坐在高高的钢筋上面,太阳将粉尘扬出来的颗粒在光里分离成各种各样的形状。

那天黄杰明没有等到下班就走了。他脱下工装,换上自己的衣服,还特意将脱下的那双雨胶鞋,举起来高高地抛向一堆木料。他听见工友在他身后大声叫他的名字,还骂了脏话,起吊机叮哩哐啷地上下移动,这一切似乎都与他无关了,他大步流星地走出工地大门。

李俏开门进屋,没有发现床上的黄杰明。她的心情似乎比往日舒畅,黄杰明听到她唱歌的声音,心跳还是加快了。他一动不动地等着她打开灯,然后尖叫一声站在他面前,等待她问一个自己也无法回答的问题:怎么这么早就回来了?然而灯亮了,一切并不如他所想。李俏走到床边,仰靠在他身上长叹了一口气说,今天看了好几处房子,心里有数了。

六

他不会想到从西雅图来的这段路程非常折腾。他下了飞机后坐上灰狗大巴,到他们要去的村庄已是终点。这里与市中心相距二百三十八公里。大巴司机下车抽烟,看见一个中国人下来,司机指了指大巴车侧面的行李储藏室。黄杰明摇了摇头表示没有行李。

大巴车司机对黄杰明的回答难以置信,抖了抖烟,把手环抱着靠在柱子上斜睨着眼说:"来玩?"

黄杰明灰头土脸地朝远处看:"来找人。"

司机困惑地看着他,不知道他在这里要做些什么买卖。的确,这里什么也没有,贫瘠一片,近处有一家破败的加油站,宽宽的沙地周围稀稀拉拉长着几棵树,开着火红的花。这个村落只能作为一个城市衔接另一个城市的中转站,休憩点。正是这里,叔父和他的堂弟,还有几匹德国运来的马生活在不远的农场里。

早晨,太阳从远处的树林缝隙里,大片地倾泻下来照在草地上,整个草地和那座孤孤零零的木屋被光染成金红色的,薄雾缭绕,空气里全是草籽香味,还有马粪的气味,城市的杂乱一下子被甩到了九霄云外。

是堂弟来开的门,他们没有料到黄杰明这么早到,他的脸在突然而至的晨光里,像种子裂开时那样乍然有声。他们就杵在强烈的光里，一个从背面挡着光，一个正面迎着光。还是黄杰明先开口，他说你都长这么大了。堂弟脸上没有太多表情，也没说是，只轻轻地笑一笑。

叔父弹奏《教堂序曲》的声音，从另一个房间传来，叔父是当地中国教会的钢琴师。曲子停顿，堂弟才生涩地拍拍他的肩膀说："节哀。"黄杰明知道要让一个高中生明白生离死别，是一件困难的事情。黄杰明明白堂弟的用心，朝他点点头，表示一切已经过去了。

叔父是听到了他进门的，琴音还是没停，直到弹错了一个音符。

叔父出现，站在黄杰明面前，他们很多年没有见面也鲜少联系，他们靠约定的见面来确认对方。叔父苍老慵倦的身体正好挡住窗户的光，以及外面草地上吃草的马。他说："你好不好？"他没有等黄杰明开口，转过身从冰箱上取下一把钥匙说："跟我来。"然后又转过身，对黄杰明说："生老病死没什么好固执的。"

黄杰明还是没开口，他也奇怪，跟在叔父身后，没有丝毫的亲近感，像跟着一位陌生人。他们出了屋子，外面的阳光比之前炽热，从山林那边打过来一片金光。叔父回头看了一眼黄杰明说，你做什么工作？黄杰明埋着头说，刚刚辞职。叔父陷入沉思，好像黄杰明从来就这么大，这些年他如何成长、如何面对父亲的死，都被自己这个叔父忽略掉了。

黄杰明尾随叔父绕过马厩，太阳光下立着几匹闪闪发光的马，白色的、红色的，它们在栅栏边甩动着蹄子。黄杰明这会儿更加无法想象，父亲会留给自己怎样一笔遗产。在他来的三个小时里，两个半小时，他都在预想叔父会怎样将他领进书房，从抽屉里掏出一张银行卡或支票，也许因为不信任，还会让他写一张收据。

为了让叔父觉得他不是专程为了钱来、拿了钱就走，他也许会和叔父在门口抽上几支烟，留下来吃午饭。这就足够了，对叔父和父亲这一代人来说，不需要啰哩啰唆的表达。任何过分的流露情感，都是可耻的。他想抓紧返回城里，然后赶下午六点到温哥华的飞机。也许在候机时他会给李俏打一个电话，告诉她钱终于拿到了，接下来的三年他们不用再愁，或许十年……可这也有苦恼，他不知该不该用光父亲苦心经营攒下来的钱，他甚至还想起了另外三个人，他的三个黑妹妹。她们在哪里？过得好不好？知不知道爸爸死了，或者会不会怀疑爸爸究竟是如何死的？

现在，叔父没有领他进书房，他们已经走过马厩，沿着一条开满小花的山路往下走。难道是山脚下的另一间屋子？那也不错，他可以改掉晚上的机票，在屋里住一晚，顺便检查一下屋子里的暖气照明等设施，对房屋价格做出评估。不用等估价员来，他就能判断并锁定一个价格，没有任何让人议价的余地。剩下要做的只是程序问题，估价员只需要挂到当地的网站上，联系当地的买家来看房或者看地。这些他们在行，黄杰明做不了什么，等钱到账，他就会永远离开这里。

叔父说，有几匹德国运来的马。黄杰明看见了它们，草使得空气更加冰凉，雾气在阳光下已经渐渐散开，和蓝蓝的天空拉开了距离。近处两匹成年的白马被栅栏隔开，有一匹小马驹跟在母马的身后。叔父指着不远处的那匹马说："本来还有一匹马。"叔父目光聚集在了那匹独身的马上，"是只小马驹，是这两匹马的孩子"。他们下了几道土坎，阳光下开白花的植物有些闪亮。"有一个冬天，晚上，我们开车去镇上加油，回来时汽车轮胎被钉子扎破了，到家时已经很晚，马没有关进马厩，结果郊狼咬死了一个小的。"叔父顿了顿，好像让他感到惊讶的是后面发生的事："我们回来的时候，只看到那匹公马浑身是血。"

叔父说到这儿停了下来，两个人的脚踩踏地面的声音覆盖了刚刚的故事，黄杰明倒觉得叔父像是动物园的讲解员，才不理会黄杰明这会儿想什么。"我们给它洗了好几天，血洗也洗不掉。"叔父扭转回头，耸了耸肩表示他也不知道为什么。随后又补充一句："那只活下来的小马,从此以后离它远远的。"

黄杰明不知道为什么叔父告诉他这个,两人埋头向前走,风从远处吹来,带着各种混杂的气味。他们来到山下,叔父把仓库的门往里面推,用脚一踢,门才打开。叔父用手掸开眼前的灰尘说:"就是这个。"

黄杰明站在拉闸门外,他转身去看之前在山上看到的那栋木楼就在近前,屋前有两棵开花的石榴树。叔父对着他招招手,他走进去拉开了落满灰尘的挡车布,那辆小时候载着他穿越加拿大许许多多城市的红色吉普车,突然现身在他的眼前。

叔父也像刚才堂弟那样拍拍他的肩膀,显然不是出于同一个目的。从黄杰明还未进门那一刻,他就完全能把控得住黄杰明的失落。

小茉莉

一

史蒂夫的前妻把车停在马路对面时,我正在卧室里。她说她早上七点会到,但实际上已是七点十二分。从这边看过去,正好看到车的左边轮胎上保险杠撞凹了进去。

她和她的车一样正在朽坏。我这样想着,看见她从车里走出来,转了个身等车闪了两下黄灯,她才确定已经上锁。从背后看她刚刚喷过啫喱水的金黄头发很短,寥寥稀松的头发几乎是贴在头皮上的。

昨天我从花店买回一束花,一直放在水池里没有插入花瓶,趁着这会儿工夫,我将放在洗手池下面久未用的花瓶拿出来。花茎底部沾着柔滑的黄色青苔。我把花枝剪短,为了将新鲜的部分更好地浸泡在放养料的水里。我不知道她是否愿意进来,还是就在门口做简短的道别,我甚至可以不用见她。

对史蒂夫的前妻来说,她此行的目的可不是来参观我们家，或是专程来道别。她只是为了把女儿送到前夫这儿。她得了乳腺癌，晚期，下周就要做手术。四个月前，她出了一场车祸，她的右脚骨折，对方全责。也许是她每天都要用车的原因，车一直没时间拖去修理厂。

她正在朽坏。这个念头又一次钻进我的心里，说不清是幸灾乐祸还是什么。我现在的处境也和这个念头一样糟糕。

我想象着脚上仍然打着石膏刚刚丢掉支架的她，怎样一瘸一拐地穿过停车场的草坪走向我家。想象着她朝窗户这边看时的心情，一股莫名的堵塞感让我非常沮丧。她怎么会有那么多理所当然的理由来打扰我们的生活？最让人受不了的是史蒂夫也认为理所当然照单全收。他怎么会想不到我的感受。我们也要有自己的孩子，也要有我们自己的生活规划，况且我现在是这种精神状态。

现在，也就是手术前一周，她的脚还没能拆石膏，但已经不需要支架。一场即将到来的手术，她躺在病床上带着一个十多岁的女儿不方便，她的女儿还有糖尿病，每天都要大人检查是否给自己输了胰岛素。史蒂夫说，现在科技先进，她不用给自己打针，腰上戴着一个装着胰岛素的小袋子，针管埋在里面。只要每天多加液体就行。总之那东西我没有见过，我在家里的冰箱侧柜里看见过一盒盒的药品，上面用圆珠笔写着她的名字：小茉莉。那些药和家里的番茄酱一起放在冰箱的侧柜里。

之前,我只见过小茉莉一次,在西雅图艺术学院的公立初中,那是去年十二月的事情了。七点以后,路面上开始结冰,人行道上未化开的雪被走得稀里哗啦的,很脏。我们在学校的大堂里等她。这是一个新学校,不大,在市中心。我们等待的"大堂"不过是表演厅外的一个教室,可以看出是因为要演出才把这个空间腾了出来,课桌椅堆积在四个角落,学生的书散散落落地堆积在上面,每个人都有一本翻皱了的《理查二世》,可能是他们正在学习的课本,剑桥出版社出的,用一只雪白的秃鹰做封面,不知道是代表着理查二世还是亨利四世。

学生和家长聚集在这些课桌周围等待着演出进场。要上台表演的学生,浓妆艳抹,表情也明显要比在后台打理杂物的学生看起来兴奋,却又紧张了许多。他们低声和彼此朋友的父母交谈着,时不时注意到我和史蒂夫,在猜测着我们究竟是谁的父母。直到一个羞涩的胖女孩朝我们走来,她先和父亲拥抱,之后她转向我的时候,她看了她父亲一眼,不知道第一次见面是应该拥抱还是只是握手。我对见这个女孩兴趣并不大,也没有想要做她的母亲。我可以尽可能地了解她,因为了解她就是了解史蒂夫和他前妻的过去,我很想知道他们过去一家人是如何生活的。也仅此而已。和她接触让我想到那个我希望不曾存在过的女人。"他们"这两个字时刻意味着他们过去的生活、过去的感情,会因为女儿的存在而复燃的可能。他们三个人仍是一个姓,斯考特。她也仍然是斯考特夫人。只要她想,她可以永远保留这个姓氏。

去看小茉莉前,我听说她改了名字,剪了短发,从此想要做一个男孩。她父亲嘱咐我多次千万别叫她"小茉莉",要叫她的新名字,"奎因"。过去我也认识这样的朋友,他们不喜欢被性别框住,他们有时可以是女性,也可以是男性,所以不能称"她",或者"他",要说"他们",好像他们的身体里有两个人。这是他们离婚之后的事。我和史蒂夫都没有更多地谈论这突如其来的改变,我们竭力去想这是一件平常事。把更改性别看成时代的进步性别的解放运动,我们必须接受这些青少年的各种行为。可是只有我知道他究竟怎么想,他对女儿改变性别这件事无限地自责。如果不是他没有担起一个做父亲的责任,事情就不会像今天这样。

她参演了改编自《哈姆雷特》的舞台剧,专门呈现莎士比亚在书里没有写的关于霍雷肖的那部分剧情。她没有担任主角,史蒂夫说比过去她总在舞台上表演海洋生物中的虾蟹要好。她穿着举行古代仪式时的长袍,腰上系着一条金黄的腰带,从前面打了一个结,再从后面绕到前面打上一个结。腰带的颜色和她的头发相称,她坐在故意做旧的酒桶上沉吟，像一个青春期才开始微微发胖的男孩。只有往下看，出于那根系紧了的腰带的缘故，依稀能看见她模糊的女性特征。

每一次出场，史蒂夫都会为她表演时的严肃表情而发笑。她从腰带里拿出一副口琴，曲调是柴可夫斯基的《〈哈姆雷特〉序曲》，背后有调音师为她配音，她只需要配合吹出那几个高亢的音符即可，其他寒冷的气息都可以由小提琴去完成。柴可夫斯基写的这三部管弦乐作品和门德尔松写《〈仲夏夜之梦〉序曲》的手法相似，但他却把曲子献给了格里格。这其实没什么好奇怪的，有时候人总会献身给本以为正确了的对应物，而没有人会承认自己过去所犯的，和此时此刻正在犯的错误。

史蒂夫时不时地转过头来看我，确保我还没有生气，稳定住了自己的情绪。他知道我并不赞同这次会面，但是我还是来了。我很难不将小茉莉和她的母亲联系起来，或者我将她与她母亲联系起来要比与她父亲联系起来多得多。我无法将小茉莉当作一个独立的个体看待，我觉得小茉莉就是她母亲，她的肌肤是她的，她拇指关节的凹陷处是她的。她瞳孔的颜色也是她的。她在透过她母亲的眼睛打量、审判着我。与我对视时，她所表现出来的羞怯并不是羞怯，那是来自她的家庭、她的祖父母特别而优越的嘲讽。

演出结束以后,她走了出来,解开了在舞台上穿的塑身衣,粉蓝色的T恤衫下面,领口的纽扣微微张开,雪白的小胸脯冒着潮湿的汗气。她把在台上表演时用的口琴从腰带里拿出来,斜过头去将它放进书包。她的脖子后面有棕色的痣。我想她母亲身上的痣也大概就是这样的颜色,尤其是隐蔽位置,像大腿上的痣就是这样。她的头发剪得很短,和她母亲在照片上一样。不时她还会将手伸进头发里揉一揉,让它们看起来显得蓬松自然。很多刚才在舞台上看到的演员换上了自己的衣服,他们的父母都高兴地拥抱他们,为他们刚才的演出自豪。只有我和她,连握手也没有。

她的同学和父母们转过头看我们,他们能感知到她身世的不幸——不然父亲怎么会再娶一个中国人给她做后母?她躲闪着他们好奇的目光,下巴朝前比画了一下,示意我们可以走了。我替她接过书包,她提着爸爸给她买的匡威运动鞋走在我们中间。我不知道对她说什么好,只希望这个晚上快点过去。

出了教室门,外面飘着雨,十点过后气温降到了零下,早前被行人踩碎的冰,冻得更厉害了,行人脚上印在雪里的泥,被冻住后很僵硬。我们站在路边等车,小茉莉并未感到冷,脑袋上方还冒着汗液的蒸汽,用手拍打着牛仔裤,试着打出些黑人在街头敲击木桶的节奏。

一辆黑色07年的凯美瑞轿车停在了我们面前,她的父亲在拉开车门之前问她,"你要不要坐在前面?"她迟疑了一下,才反应过来,这已经不是过去,她不能和父亲坐在一起,坐在出租车的后排了。出租车司机好像在黑暗中并没有看出我们的关系,他操着非洲国家来的口音,能听出来并不是才登陆的新移民,只是抵达美国时,母语的音调已经深深地烙印在了他的嗓音里。

"这个点你们是才看完表演出来?"史蒂夫并没有向前移动位置,为了和司机搭话,在发动机的轰鸣中,用微弱的声音答道:"是的。"司机似乎从这个声音里面听出了什么,他侧过头,从上到下地打量着小茉莉,在她胸脯的位置稍微停顿了一下,又说:"你是演员?"司机的声音就像他车上挂在后视镜上繁复的装饰物的碰撞,很响,明显他并没有看出小茉莉的实际年龄,对她竟然透露出了些许兴趣。

小茉莉未置可否,而她的父亲在疲惫的黑暗里保持了沉默。

司机看出了她欣喜的心思:"苏菲·玛索,你知道吧?"

学过法语的小茉莉很快就回答了:"当然知道。她演过《初吻》。"

"你就像莎莎。"司机又看了一眼小茉莉,"那句话怎么说来着?那个什么未来我不能和你在一起这句话怎么说来着?"他准备在黄灯时冲过去,可是过线时已经变成了红灯,他挂在了倒挡上,并将手伸出窗外示意后面的车辆他要倒到白线后面去。他不慌不忙,巴不得多耽误一会儿给他点儿思考的时间。

司机望向左边的车辆,他在寻找的不是窗外的事物:"'我要永远和你在一起……永远。每天早上,在我出门上班之前,我要你为我打领带,我会在离开家时给你世界上最好的吻。你怎么哭了?我的莎莎?'就是这么说的。就是这样的。"

司机微笑着转过头,他身体朝前倾,这样他就能更好地看清小茉莉的脸。他好像很得意,可是当他再次看清了小茉莉的脸,他放慢了车速疑惑地问:"你怎么开始流泪了?莎莎?"他仿佛意识到了自己讲错了什么,转过头来寻求我们的帮助。而史蒂夫刻意回避,一动不动地看着窗外。

后面的车按起了喇叭,司机踩下了油门,车却在向后倒,他猛地踩下了刹车,"妈的!"当把挡位扳回行进挡后,他一脚油门又朝前方去了。司机从后视镜里观察着我们的表情。他是为了弄清我们对刚刚事故的反应,还有坐在他旁边的"莎莎"为什么会哭。史蒂夫继续默不作声地看着窗外,我知道他知道小茉莉为什么会流泪,可是他不说。

司机仿佛也看出了什么,上了高速,他也没有说话,当开到一百二十码时，他才会轻轻踩下刹车回到九十码的匀速，尽力不让我们想起刚才的不愉快。

小茉莉始终没有和我说一句话，碍于我也在车里，她也没和她父亲说一句话。车在公寓楼前面停下了。我嘱咐司机等一下，之后把我们送回酒店。他熄了火，好奇地打量着我们把小茉莉送到公寓楼下。

公寓是崭新的，公寓一楼大厅很空，大型的吊灯和上面的假水晶折射出蛋清般的乳白色灯光，但仿佛让大厅里光泽充盈的不是这些反射出来的假水晶，而是刚搬进来的人从各种新的电器上剥离出来的保护膜纸，尽管一楼什么也没有。四楼的灯亮着，我知道那个女人此刻就在家里，我能感受到她冰冷湿润的呼吸。

她也一定能感受得到我就在楼下。

那天晚上回酒店之后，我们大吵了一架。不为别的什么，为小茉莉长得并不像莎莎，我们又都知道这不是根本的原因。圣诞节的前一周，史蒂夫消失了三天。他从加拿大一路开到了西雅图。当他在学校门口等小茉莉时，我才拨通了他的电话："我已经不可能现在掉头回去了。小茉莉四点下课。我得带她去吃寿司。"

他的离开不是因为争吵，他是要让自己明白他绝不是为了我才抛下了她们，绝不是。

"是奎因不是小茉莉。"我能感觉我声音太大,从另一端传来的震动声。他必须意识到他的生活已经不一样了,她也不再是小茉莉了,不是过去的那个女儿了,他的责任也不再相同。

但是我这样告诉他的权利已经被剥夺了,我想他明白这一点,这就是他想要的。他想要随时离开、随时回来,我能做的只能是等待,他需要我知道。我调整了声音重新问:"你是早就想好要去西雅图的,是吗?"

"我只是一直开,我不知道要去哪里,或者能去哪里,我开到了西雅图。我得关机了。你给我和她点时间单独相处行吗?"他说得冷漠而坚决。

"那等待你的只能是毁灭,"我能感觉到他的不在意,"我求你好吗?求你别毁了我们的生活。"

"我关机了。"之后史蒂夫的手机只剩下了语音留言信箱。

窗外,十二月隆冬的雪渣混杂着海洋冰凉的波浪。

二

史蒂夫的前妻绕到车的后面,从后备厢里拉出小茉莉的行李。小茉莉在旁边想帮忙,可是母亲却让她退后。

她把后备厢里的东西整理了一下，好拉出左边的行李箱，右边的行李箱是她住院时要用的。

她身体一斜，吃力地把小茉莉的行李箱放在地上。行李箱过重，她只好让它先平躺在地上。她支在膝盖上休息了一会儿，才把行李箱竖起来。还未过八点，她已精疲力竭，大概与我一样，对于这次会面她也一夜没睡。

她们的行李箱和史蒂夫的是一个牌子的，黑色的布面混杂了一些纤维材质。他们过去全家都用这个牌子。他们之所以选择它，就是因为它的终身制，只要买了不管出现什么问题，随时可以清洗可以更换。史蒂夫说他们的人生哲学就是买最好的东西，精心爱护让它可以延续一生。如果用这个逻辑类推的话，他们的感情究竟出了什么问题？是不是像我们一样？当我们反应过来时，事情已经难以挽回。

加拿大七月的早晨，风依旧刺骨。相比去年十二月，小茉莉好像长大了一些。自从她满了十二岁后，她的父亲还没有见过她。她的头发比过去长了一些。他们总说离异的家庭会让孩子迅速长大。不知道现在的她是不是还住着两个自己，是叫奎因还是小茉莉。她穿了一件大地色的毛衣外套，上面起了些小毛线球，里面搭配着一条碎花的 A 字裙，下面则搭配了一条黑色的透明的丝袜。在含苞待放的年龄，她已经失去了父亲，现在母亲也要撇下她了。长满粉刺的粉红脸庞像是随时会落下眼泪,可是青春期的自尊让之迟迟未落。她正长向成年,黑色的丝袜上印着的小蜜蜂,让人感觉到她并未体味到过成年人性的欲望。从她的衣服的外形来看,看不见那个装胰岛素的袋子,她看起来和正常人没有什么区别。她的头发紧紧地梳着两个复杂的法国辫,显然是她母亲刻意非要把本来不够长的头发扎起来,让她的头皮显得紧绷绷的。

海面上的光线柔和得像是夕阳,海鸥毫无规则地四处乱飞。海潮慢慢上溢,但还未上涨到昨夜退去时的位置。潮湿的沙地上,螃蟹在狭窄的石头间爬行,这是最有生命力的景象,可是有的人就要看不见了。不远处蟹壳和石头碰撞的声音隔得越来越近,与螃蟹洞穴冒出气泡的响声混在一起。

我朝后退了一下,好使我微侧着看到不远处的海面。史蒂夫迎过去,我感觉到他身体里散出来的一股气息,与她们的融合在一起,像一股巨大的海浪打了过来。我像是站在他们的屋子里一样,是个闯入者,狼狈而可耻。

我和史蒂夫刚在一起时,史蒂夫正和前妻办离婚。他们感情的破裂和我没有什么关系,用他的话来说,我最多充当一个"扣动的扳机"。她当然不信。女人总会把自身的失败归罪在另一个女人身上,只有这样才会减轻失败带给自己的羞辱感。一切错在别人,自己才会理直气壮甚至变本加厉。

她的父母都活着,自己既没有继承遗产也没有什么存款。而史蒂夫不同,史蒂夫的父亲很早就去世了。去世前,他是整个不列颠哥伦比亚省为数不多的大法官,之前还和别人合开了律师事务所。现在街上还能看到当时他父亲用自己的姓和别人开的律师事务所的招牌。在繁华的市中心,那间拉上了百叶窗的办公室里亮着灯。史蒂夫有时会幻想他的父亲还坐在那张办公桌上,那盏灯便是父亲的台灯。史蒂夫的父亲死时,给他留下了巨大的遗产,具体到底有多少,我没有过问,因为他的前妻拿走了大部分,小茉莉的监护权就是一切讨价还价的筹码。

对于自己不能再拥有的东西,我想都不想去想。

我想她的目的不仅仅是要毁了史蒂夫,她也想毁掉我。这并不难理解。

我在他们婚姻的废墟上挣扎,一个没有太多积蓄的男人,还要负责女儿大笔的学费、生活费、医疗费的男人,想重新建立自己的家庭,继续生儿育女,等于埋伏了一个大的陷坑,陷下去然后窒息,活着的时间都只是为了挣扎。这个机关算尽的女人,在她离开史蒂夫离开人世之时,先剿灭了他活着的希望。

史蒂夫的前妻来自挪威的一个移民家庭,到她时,已经是第三代移民了，按说她并不算是缺乏安全感的那类女人。他们家移民到了美国，每个人都是纯种的金发，一丝杂质都没有。她父亲做了企业的高管，母亲等孩子们都长大后便去社区做一些无足轻重的志愿者登记工作，好让孩子长大后知道，她的社会责任并没有完全遗失。之后他们的孩子就是美国正版的成功范例，她大学从斯坦福作为荣誉学士毕业，直接去耶鲁读了冶金与材料学博士。这一切模式化的进程，在平步青云里应该给了她无限的自信，至今她还没有经历过什么挫败。

离婚前她曾哀求史蒂夫不要离开她，给史蒂夫写的一封信里用到了这几个字：极端的艰难。那些信件和过去她给他写的贺卡放在衣柜右边的抽屉里，那里面装着他的贴身之物、落下的衬衣纽扣、过去工作的名片，还有他曾写的诗。信上的落款总是：我爱你。我常常站在那里思量很久，衣柜贴近暖气，卡片摸起来也是温热的。

一切就像昨天。

史蒂夫将婚姻破裂的因素全归结于自己。对于前妻的纠缠他从来没有厌烦过。他尽量去满足前妻提出的一切要求，特别是关于孩子的。这让我想起上中学时历史课本里的《马关条约》，没有平等只有屈辱。可是史蒂夫并不认为有什么不平等和屈辱，他认为那是每一个在感情上穷途末路的女人都会干的事。穷途末路，他怎么没有想到这恰好是我们将来才要面对的?

史蒂夫搬家的时候,先让她挑家具、厨具以及电器。等史蒂夫再回去时,他发现她已经把所有的东西都运走了。家里只剩下凌乱的塑料袋、拆去了包装纸的电器纸盒。

拿走了史蒂夫的遗产之后,他的前妻在市中心租了一套全新的公寓,还买了一辆红色的奔驰SLK 200。之后小茉莉告诉史蒂夫,经常有陌生男人来家里,小茉莉关着门悄悄地窥视他们。"他们不仅比妈妈老,有一个好像还缺了一只腿,是机器腿。"小茉莉不知道这是每一个上了年纪的女人都会面对的事,一个落了难的女人,只能找到不如自己的男人。

她没有善罢甘休,逼着他将人寿保险的受益人写成自己。理由是她一个人带着女儿,不知道什么时候史蒂夫会出事。更加匪夷所思的是,除了史蒂夫常规的人寿保险,她还特别单独给他买了其他人寿保险,保险单的受益金额那栏上就这么写着,六十五万美元。

我实在想不出除了她想用他的死赚钱之外的其他动机,或者为了成就她的阴谋,她对史蒂夫有什么做不出来的。我甚至想到了她会找人来制造案发现场,这让我更加难以入睡,整夜脑子里充满各种可怕的场景,精神处在崩溃的边缘。

三

我从没想过会以这样的方式和她们见面,尤其是他的前妻。我曾充满着对她不同的想象,比如我想到了她在浴室里放置的剃腋毛用的刀片上是如何生锈,她的脚侧骨关节是如何的突出,以至于穿夏季凉鞋时看起来很丑。

她现在就站在我的面前,穿着一件深色牛仔衣。她的脸长得吓人,但又比我想象中要好。她看着我时总显得很困惑,她化了淡妆,近看可以看出她擦了很厚的粉,为了遮住她灰色的眼袋。我看不见她的脚,她的脚上依然裹着石膏,外面被一个大地色、厚重的塑料靴子似的东西保护着,走起路来一歪一斜的。她走路的样子让她从背后看起来既憔悴又狼狈,而她的正面让她装扮得看起来不那么糟糕。

现在的她虽然看起来没有什么让我可嫉妒的,但我嫉妒过去的那个她,他们过去永远也回不来的生活。我嫉妒过去他们有的欢乐的时光,我嫉妒他给她的一切,一切新奇的生命意义,新的生活的感悟,新的责任与负担。我听见他们在节日里全家其乐融融的笑声,我听见她打开了烤箱从里面拉出节日蛋糕的声音,我看见她戴着生日的皇冠,插在蛋糕上的红色蜡烛。我嫉妒他们家客厅里那棵挂满了装饰物的圣诞树。

她拿走了本可以属于我的一切。即使史蒂夫不在她们身边,她们依旧享受着过去一样没有改变的丰厚的物质生活。我知道这种疼痛并不来自过去和她,而是来自生活支离破碎的醒悟,来自我孤身在异国的处境。

歇斯底里的抗争,只能是恶性循环,我病情加重并没有引起史蒂夫的回心转念,他坚持自己没有不妥的想法,坚持与前妻之间的一切与我无关的原则。那次争吵后史蒂夫在离开了三天之后回家,他从卧室里冲出来时我并不惊讶。那三天里我已经意料到了那一刻的发生,甚至演习了那一刻,我以为他会动手打我,可是他没有。他手里捏着被我撕碎的小茉莉的出生证。出生地:圣塔菲。最后撕得只剩下了"菲"字。在争吵过后不论怎样都不该让矛盾恶化,可是我就想这么做。这一切让我想起了弗洛伊德,他说我们每个人都被死亡的欲望笼罩着。

去看医生是自救的唯一方式。史蒂夫不会明白我的处境,他总是在争吵时调转头去看着不远处的海,或者他会在把手里的杯子放到桌上时,将杯里的饮料泼出来溅到地板上。这种时候我会闭上眼睛,等待他的第二个动作发生,那就是杯子从他手里飞出来,打到我的头上或地上。尽管这样的事一次也没有发生过,我还是会在等待的瞬间一阵眩晕,然后抱住头号啕大哭,我被那个并没有发生的哗啦的碎裂声分解了。

史蒂夫起身,凳子倒地。他将我抱起来,我咬住自己的嘴唇努力使自己平静下来。史蒂夫身上的体温和来自他手上的力量,使我有了稍许的安全感。

"你把这个新病人的单子填好,再拿到前台。"

心理咨询师的前台很小。在我的脚边放了一个小的方形白色音响,里面循环播放着奥克纳根沿湖岸的那种雨声,混杂着蟋蟀在夜间的鸣叫。单子的上方写着:"多波拉·罗斯博士,有执照的心理咨询师。"最开始的几个问题很好回答,姓名、家庭住址、感情状况。之后就变得很难回答,"你曾经是否对此问题做过诊疗?"或者:"是否有精神病医生给你对此情况开过药方?如果是,请列出药物。"

我填完单子,交给前台,又回到座位望向外面的窗户,史蒂夫的车已经开走了。停车场的位置只剩下灰白的水泥地和被车轮摩擦掉的黄色分割线。那是冬天,树干透着凋零的灰和陌生的异国他乡的冰凉。

一个短发戴眼镜的女人走了出来,她开门让我进去。她很干练,但是我说不出她是否有孩子。她看了我的单子,让我复述今天的问题,并告诉我只有三十分钟作为首次会诊。之后,她会根据我的情况和她的时间,告诉我一周需要来几次合适。

"所以你现在没有工作?"

"我之前有工作,不是,我是想之后申请博士,所以我把工作辞掉了。"

"是你辞掉了工作吗?"

"可以说是我辞掉的,但是我是被开除……这也不能说是开除,因为我过去四年里的员工评价都是好的。"

她虚着眼睛看着我,尽量不让我为这件事感到尴尬。

"我们部门的人员全部被裁了,"从她的眼神里我能看出她的疑惑和她对我的各种猜测,"但是他们怕我告他们上法院,所以给了我基本工资,一直付到明年六月。我想六月我就能找到工作。"

工作这块并不是我想要聊的内容,可是她却觉得这个和我为什么坐在这儿分不开。在三十分钟内的前二十五分钟,她和我聊我的工作、我的祖父母、我父母的关系,直到我把话题拉回到我和史蒂夫、和小茉莉的关系上。

"我可以直白地告诉你,"这个短发的女人把刚刚跷起的二郎腿放了下来,又抬头看了看挂钟,"你永远都不会有小茉莉重要。"

"为什么?"

"这没有为什么,你做了母亲就会明白。"

走之前,她问是现金还是刷卡。我找她要了收据,因为史蒂夫说,这个发票可以找他的医疗保险报账。出门时,他已经把车停好,看得出这半小时他去了一趟咖啡馆。他没有在咖啡馆久坐,因为他手里举着的咖啡杯垫,是外带时才会加上的。他可能在这期间坐在车里打了几个简短的电话,告诉他的朋友我病了。很快所有的人会知道,他新婚妻子没跟他生活几年,就有了心理疾病。

四

"你好。"小茉莉突如其来的声音让我惊讶,跟我初次见她时已经不一样了。她像在对我示好,愿我收留她,这让我的自尊心好受了很多,仿佛她在承认我是这个家的主人。她的声音清脆透明,我不能说她的声音像风铃一样,她已经过了那个年龄,至少是个透明的玻璃杯,一碰就要碎了似的。史蒂夫站在她的身后,抚摸着她的毛衣后面露出的脖颈。

"你是小茉莉还是奎因啊?"小茉莉对父亲的调侃不好意思地笑着,并没有回答这个问题。很久不见父亲,小茉莉好像对眼前这个人有些陌生。我没有想过邀请她进来坐,也许是因为小茉莉的声音打动了我,我没想过她能发出那样的声音,所以我侧转身示意她们进屋里来。

史蒂夫把小茉莉的行李搬上门口那节楼梯后,拉出行李箱的拉杆,万向轮在木地板上沉重且坚定地向前滚动着,盖过了她的靴子在地板上发出的声音。而她把行李紧紧地靠着沙发的椅臂摆放后,她坐了下来。因为脚不能弯曲,她把一条腿伸得笔直。她显得有些局促不安,抑或是她在极力克制住四处张望打量的冲动,我看见她的脸部表情僵硬。小茉莉则紧贴在她的身上,像要把脸埋在她的肩膀里。

小茉莉其实一点也不小,她比同龄人的身材更加魁梧巨大,不知道她父母每次叫她"小茉莉"的时候,心里是什么感受。我努力不去想小茉莉的嘴唇,笑起来和她母亲多么的相似,她们的下嘴唇笑起来时是如何的平行,而弯弯的上嘴唇又是如何跟无法弯曲的下嘴唇,形成一个像快要塌陷的拱桥似的弧度。

史蒂夫与我坐在同一张沙发上,我们坐在了她们的对面。他把手臂刻意搭在我后方的靠背上。这样的场面,一个母亲、一个父亲,还有他们共同的孩子。我就像来参加小型家庭聚会,一个不识时务而早到的客人,而为了显示他们的热情和包容,主人让我坐在了他们一家人的中间。

我站了起来,问他们是否要喝水,不管他们是否需要我都不想再待在那儿。我害怕她和小茉莉已经知道了我一周要去见两次心理医生的事。我害怕她们知道了他们过去的生活已经让我无路可去,并且也知道我在频频退让,害怕她在我们中间看出她斩尽杀绝后露出的痕迹。她们也看出了我的退让不是因为善良,而是懦弱。她们或许已经从史蒂夫那里得知了我的境况。

打开冰箱,我看到了小茉莉的药,史蒂夫曾说小茉莉的保险在这个月只能拿上这么些药,如果想要再免费去取,基本上就不可能了。如果没有这些药,她就会和她的母亲一起消失在我们的生活里。我全身颤抖,感觉就像手肘被什么东西狠狠地撞了一下,我把她的药盒打开,看见里面有六瓶罐装的液体。我想撬开它们在里面放点什么,可我的手边又有什么能和它们发生作用呢?我想把它们"不小心"摔破,可是史蒂夫会再次原谅我吗?他的前妻会对我大吼大叫吗?小茉莉会用她稚嫩的声音问我为什么要这样做吗?

"是哪一家医院?"

我透过厨房的那扇门,看见史蒂夫的手还继续搭在沙发背上。

"经过狮门大桥的那家,圣安德鲁医院。"她又补充了一句,"这手术只能来加拿大做。"

我把水量调小,尽量不让水管出水的声音盖过客厅里的对话。但是该死,我还是错过了点什么,他们嘀咕说了些话,而我听见史蒂夫说了句:"是。"

他答应了她什么?去照看她?还是问他是否后悔过和她离婚?还是更糟糕的,问他是否还爱着她?他下一句是不是就要说"对不起"了?我知道史蒂夫会原谅她的,他会原谅所有的人。他的善良就是他的弱点。

我回到客厅,把桌子中间的花瓶挪到了桌子下层的隔间,将水杯放在她们的面前。我给小茉莉倒了一杯橙汁。另一杯是给他前妻的,水管里的水太凉了,在玻璃杯上形成了薄薄的一层冷气,像是刚刚从冰箱里拿出来的。

她握住了水杯,对我点头致谢,接着说道:"从生了小茉莉之后,我就再也没住过院。"她这句话像是给史蒂夫说的,又像是在对我说的。她极力在给我呈现一个幸福的家庭的模样。

我曾经问过史蒂夫关于她分娩那天。她生下小茉莉那天是圣诞节,送进医院那天是平安夜,医生到第二天下午五点时才进房间来看她。

"她分娩时骂你了吗?"

"当然了。"他回答的方式漫不经心,不知道是他真的不在意还是沉浸到了过去的回忆中。而那时我的脑子里嗡嗡的，听见的全是她在生产室里破口大骂的声音，还有医生因为手术手套的皮筋绷得太紧，拉手腕边缘处手套"啪"的那一声。我不敢睁开眼睛，我怕看见那一刻他正紧紧拉着她的手，帮她抚开脸上汗水打湿的细发，正准备倾下身子去吻她的苍白的脸，告诉她无论何时，她就是他一生中的最爱。怎么可能不是？她为他生育了小茉莉。而我却不能。小茉莉的到来甚至剥夺了我做母亲的权利。

五

"手术前最重要的就是放松，尽量不要去想一些让自己伤心的事。"史蒂夫好像并不担心这场手术会是什么样子，也许因为内心的惧怕，才把话说得那么轻松。

"放松？我真的做不到。"他的前妻显得有些激动，但是她仍在控制自己，让自己看起来不那么糟。

小茉莉也许还不知道手术意味着什么，但她一定知道死是什么，对她来说，死是一件容易的事情，只要她不给自己上胰岛素，她明天就会死。

我再次站了起来，她并没有看我，我知道她也希望我离开。

"谁送你去医院?"

我听见史蒂夫这样说,感到背脊像是有一条冰冷的虫顺着他的话音往下掉。我同时也感觉到了自己的冰冷,要冻僵了。

"放下小茉莉,我会去我妈家住几天,手术前她会开车送我去的。"

她的心情好像平静了一些,从厨房的这个角落能看见她轻轻地摸着小茉莉的发辫,生怕给她弄痛了。

"那你应该和你母亲他们谈一谈这件事。"

史蒂夫拿起桌上的杯子,像是熟练的心理咨询专家:"他们是聪明人。"我不知道这和聪明有什么关系。

"为什么我不能和你谈?"

"我想避免和你吵起来。"

"你为什么总是害怕和我吵?"她歪着头,朝厨房的方向看了一眼。确保我听不见后,身体朝前看着史蒂夫逼问着他:"也许我们早些时候争吵的话,事情就不会变成现在这个样子。"

我知道她说的"这个样子"是指他们妻离子散,还有可能即将天人永隔的事。她或许把她得乳腺癌的事情,都怪在了史蒂夫头上。

小茉莉无所适从地抱着手臂,坐在她的旁边,小茉莉也许并不知道她的父母到底怎么了,明明离开了还要吵，更不知道当年她应不应该出生，她的出生不过是她父母当年挽救婚姻的一种手段，抱着"这是一个重大的转折，也许将来一切都会变好"的心态，把她生了下来。可是日子并不是那么简单，有时候小心翼翼地想要去拯救什么，反而是一种更快速的扼杀。

小茉莉的手放在她母亲的胸口上，希望母亲不要再说下去。她也许不知道再往下一点，那干枯的皮肤下有一个可怕肿瘤，正输送着黑色的血液和死亡的气息。她甚至能够感觉得到，那种疼痛正在一点点侵蚀她母亲的每一寸肌肤。

"我们俩从来都不合适，真的，你说我这么多年一直在回避这一点。"她的声音突然高出了很多。

史蒂夫取下他的眼镜，摸了摸眼角："是的，我之前是这么说过。"他因为无法给她传达他的想法而感到沮丧。

"我尽力不去想，"她稍微停顿了一下，想要控制好自己的情绪，重新调整这句话，"我一直尽力不去承认我们从来都不合适。"当她说到"恨"这个字的时候，她之前想要收敛的又重新铺张开来，甚至这一次她止不住地流了泪。好像不合适对她来说就是对过去欢乐时光的全盘否认，或者那些沉浸在欢愉中的想法都是错误和虚伪的。为了不承认自己曾坚持了一个明显的错误而耗费这么多年,最好的办法就是假装看不到它。

"原谅我,我并不想在这个时候,再跟你讨论我们之间合不合适。"史蒂夫说话时,又把声音压低了一些,以至于他后面说了什么我都没有听见。

她听到了盘子碰撞的声音,又再次望向厨房,发现了其实我们离得是那么的近。他们应该都猜到了,我听到了刚才的对话。

"小茉莉,"史蒂夫不愿意继续,他朝向旁边的小茉莉,"你想不想去看一看老虎?""老虎"是他们家过去养的一只英国短毛猫的名字,已经有十四岁了。平时会抓些野兔,还会跳起来抓鸟,院子里常是它带回的猎物,死掉的兔子的兔毛常显得湿漉漉的,像是那些兔子身体失掉的水分全部溢了出来。

她看出了史蒂夫希望尽快结束此次会面的尴尬。

"那我就先走了。"小茉莉的母亲扶着沙发一角,努力让自己站起来。我看见史蒂夫朝前走了一步,他想向前去扶住她。她看起来已经是精疲力竭,她怎么想?愤怒,嫉妒,恼恨?为什么到了这样的时候,还要讨说法,不是说人之将死,其言也善吗?不,不,她只是想为自己的感情讨个公道。她的错误也是女人们的错误,因为她们的逻辑是,爱就是理由。

她正在朽坏。这个念头再次落入我的脑海时,对她先前的各种想象、嫉妒和恶感被冲淡了。现在只留下一个女人、一个母亲的脸在我的脑中。站在我面前的究竟是我丈夫曾爱过的一个女人。

那时她还像我一样年轻，她的手握住他的时候还会微微出汗。她陪他度过了许许多多的日子，而现在她也许就要永远地从他的眼睛里消失了。她或许曾为他念的一首法国诗而哭泣，即使不会法语，感动她的却是诗歌的韵脚和他的眼神，就因为如此，他们在巴黎结婚了。当然，他单膝跪地。现在已经不可能了，一生中只能跪一次，不是吗？她是不是也像我一样，或者我就像她一样？但现在看来，过去那些日子，做过的事都是错误的，被史蒂夫全盘否认过，就像史蒂夫给她说："忘记吧，那些不值得一提。"

我想她也许曾无数次想见我，了解这个嫁给了她前夫的女人是怎样的一个人，是否像她一样爱过他，如果是的，那么究竟又多了多少。也许这样的企图会使她感到痛苦，正是这样无尽的神秘在吸引着一个女人，无法摆脱受伤的程度。

那句"你怎么可以的"也许不仅仅在追问着史蒂夫，也在追问着我。

可是之前我无法对她产生任何的同情。要知道同情也是一种能力，不是简单的"善良"两个字那么容易，一个在情感上和生活上感到走投无路的人，还有什么能力去同情一个给自己处境雪上加霜的人。我与史蒂夫相互的不理解、争吵，多半源于她无休止的掠取和他的退让。随时处在崩溃边缘的我看不见任何人的痛苦，感知不到她的伤心，也感觉不到小茉莉即将失去母亲的痛苦，感觉不到小茉莉面对我时的尴尬，感觉不到她身体里住着两个人的痛苦。她父亲的身份已经转换了。他不只是属于她一个人的了。我也感受不到史蒂夫的伤心，对于前妻的疾病、女儿无所归宿的担忧，没有尽到做父亲责任的内疚，我都看不到，即使它们都是那么明显地摆在我的面前。我抵着狂风前行，到此刻已经是极限了。有些时候，一个错误就是一瞬间的事情。毁灭人生就是一瞬间的事情。而我的那一个瞬间已经发生了。

六

小茉莉尾随母亲到门口。我本应该离开门边，给他们一些私人空间。可是我不想，我想被这样的分别的场面刺痛。小茉莉拉着妈妈的手，妈妈轻轻地握了一下她的手，好像在让她去捏紧自己的手。

她对小茉莉说："妈妈没曾想过撇下你。"

我知道她的计划,她怎么会撇下她不管呢?如果不行的话,她知道他们,小茉莉甚至还有史蒂夫会在另一个世界相聚,永永远远在一起。这句话让小茉莉抓她妈妈的手更紧了,她白白的小手紧紧地抓住妈妈的掌心。但她的手却不再捏紧小茉莉。她感受不到母亲手指的力度了。她为了隔断她的不舍和依恋所表现的冷漠,让小茉莉知道妈妈的疾病是真的,肿瘤是真的,分离是真的,死是真的,再也见不到也是真的。

但是他们会在另一个世界相见。也许吧。为了不过分渲染这种情感,她没有再多说什么,转身走出门去。

"莎莎!"史蒂夫终于喊出了她的名字,他不忍看到分离的一幕刺痛他前途未卜的女儿。我知道这不完全是原因。时过境迁,在这狭长的走廊上,看着自己曾经相知相伴携手共度的人,就要从眼前走过去,并且是永远地不再踏响脚下的每一颗石子。他不得不喊出她的名字来,或许这是最后一次喊出她的名字了。"莎莎",雨打落在一朵茉莉上,水珠落下了,这个声音休止了,花瓣也随之滑落。我也随着这一声颤动了。

她停了下来,略微侧了一下头。瞬间的动作却是那么漫长,我以为她会回过头来,以为会再次看到她的眼泪。她只停了那样一瞬,接着继续朝前走去。当她朝前迈出第一步时,"永远"这个词便成为一个固体,和她还有他们的过去一同固化了时间。

很长一段时间,我竟然难以判断她到底是继续停在原处,或是换了停下来的位置,她始终在我的视线里,像一道长长的影子散开又聚集。史蒂夫从我的身后走过去时,我的身体像是遭到了巨大的热浪,朝前趔趄了一下。

他走了过去,从后面试图拉了一下她。小茉莉也穿过我,走了过去。他们三个人形成了一个圆,在太阳光的照射下,在落满了花瓣的草坪上,我感觉到一团火球燃烧时的热度。

七

小茉莉背对着落地窗坐着。海面上射过来的光在不远处,忽明忽暗地移动着。海鸥的叫声像是在天的尽头。

她坐在那儿始终不说话,与其说是沉默不如说是等待。

她不会回来了,永远。

这句话如不远处的潮汐落在心里,破碎地散开。我感觉到了心脏被这样潮湿的碎片滑过,隐隐地痛了一下。刚才他们分离的那一幕依然在脑子里,无法散开。

史蒂夫进了自己的书房,一直没有出来。之前他说他有工作还没有完成,我也不想打扰他。我从冰箱里取出冰冻的排骨,想象着去爱这个微微发胖的不管是奎因还是小茉莉的孩子。她是史蒂夫不可或缺的一部分。她的金发蓝眼睛,还有她的痛苦。我已经不再想她的到来,是不是影响我想要一个自己孩子的打算。

冰冻的寒气,反而让我有了回暖的举动。我把手攥成拳头靠近脖子,通体透凉的感觉让我的身体抖动了一下。我看见史蒂夫从书房走出来,他像是被一层雾罩着,迟缓、游离、不知所终。

我迎着他走过去,想找他讨个说法,问一下他为什么要当着我,做出那样的举动。可是他径直走了过去,他旁若无人地穿过落地窗外那片草坪,刚才它们还在燃烧的地方,我听到了那只短毛"老虎"向外扑打的欢腾声,倏地一跃而过,跳到屋顶上去了。这已是夏天了。

"跟我来。"我对小茉莉说。她站起来,我听见她拉动箱子的声音。我想有一个新的开始,那个女人给我造成的伤害就要告一段落了。她不会再来打扰我们的生活了,从他们一家人相拥相抱的那一刻起,时间就变成了固体。

小茉莉跟着我去了楼下的地下室。我和史蒂夫搬进来时,匆忙将地下室的屋子只装修了一间房,专门来做客房。我们也没有打算再系统完善其装修，因为我想把它做成将来孩子的"娱乐天地"。地下室没有铺地板，冰凉的水泥地让打着光脚板的小茉莉迟疑再三。

我领着她向前，她拖着的万向转动轮行李箱在水泥地上的声音很轻。

"这是你的房间。"我推开门，站在一旁等她走进去。她侧着身子把行李箱推到我前面，我说："一块大的毛巾洗澡，小的毛巾擦洗手池上的水。"

我前天专门从"哈德逊湾"商城给她买的新毛巾，还散着刚刚从烘干机里拿出的柠檬香味。她四处打量着她的房间，她看到她可以活动的范围其实并不大，里面摆着为孩子准备的玩具。一个挂着一排五颜六色铃铛的婴儿车，一些没有拆开封纸的厨房的小锅小碗，还有各种拼接散落的英文字母。

她走了过去，想伸手去摸时又缩回手来。

我说："厕所里还有新的毛巾，可以换着用。"我又打开卫生间洗手池下的柜子，将摆着的二合一的洗发露和沐浴露，重新调换了摆放的位置。

"我有衣柜可以用吗？"她指着卧室里的那间衣柜，但并没有拉开。

"你可以拉开，就是给你用的。"

她拉开了衣柜，衣柜里面只有三个白色的塑料衣架。

"你可以把衣服折好,放在衣柜里右上边的抽屉里。"

小茉莉转向柜子,她的后脑勺对着我,金色的头发就像她母亲的一样柔顺。我想她母亲也有她这样年龄的时候,无辜又天真。她那时还不是现在这个样子,女人的温情她一定都有,对幸福对终老无限向往过,她也不会想到将来自己会是这样的结局。谁会想要被人抛弃或是得病?

"我不知道你们这个年龄的女孩都喜欢些什么。"我退到门边,身体半靠在门上。

小茉莉默不作声,像是没有听到我的问题。她蹲在地上,试图拉开行李箱的拉链。她用手撑住行李箱,我想她一定试图找一双温暖的袜子,这样她就不用光脚踩在水泥地上了,她知道在这水泥地上,她还要走一段时间。

"这是妈妈的箱子。"小茉莉抬起头来看着我,然后她完全打开了箱子。

我朝前移动了半步,弯下身子。箱子里面排列整齐,放了一双拖鞋、几件白色的 T 恤。一本《烹饪艺术》,还有一本《纽约客》杂志。在右边用拉链拉起来的隔层边的网格里,放着她的胸衣。她带了四件胸衣,且是同一颜色同一样式的艾格内衣。我的心脏在这突如其来的冲击里,猛烈地收缩,然后变硬。我感到划破我神经的不是什么刀子,而是一种声音。

金属相碰的声音通过一双双戴着塑胶手套的手,传递、传递、再传递,接二连三地,然后落下,准确无误。空洞,荒凉,错乱,拿走了一切。剪开,她的他的还有他们的,我们的我的。在劫难逃。

小茉莉看着我,她目不转睛地看着我。我有点不知所措。而小茉莉呢?她究竟没有做错过什么。如果她是我的女儿,我会多么想把她抱紧在怀里,然后告诉她:"对不起,妈妈做错了。"我想到了我自己,我能做一个好母亲吗?我怎么用我的生命把她托起?

"你会梳法国辫吗?"小茉莉打量着我。

我不说话上了楼,从冰箱里拿出苹果,当我拧开水龙头冲洗它的时候,边上放着的刀使我的心脏又一次抽搐起来。

我把苹果放在菜板上,对刀突如其来的恐惧蔓延整个身体。它能把东西削成两半,把有变为无。我的心脏随着手的抖动战栗起来,那把割开她皮肤的锋利的刀刃也在割开我。割开这个世界带给我们的光与阻隔。我们都在麻醉中虚弱地醒来,苍白的世界展开一道深红的口子。

我感到呼吸困难,将整个身体靠在水池上。窗外的阳光斜射在草地上,远处史蒂夫走在沙地上,他不紧不慢地走着,他的呼吸和脚落地的声音,像是夹在风中一起一伏地飘过来落在我的心上,让我惴惴难安。阳光下的海面是难以分辨的,正如阳光下隐秘的人影。史蒂夫是不是正走在一条看不见的深渊,一道由影子吞噬掉的未知的深渊。

小茉莉已经不在地下室,婴儿车被她拆开了。英文字母的拼图散乱地铺在地上。我轻轻地走过去,看到了她把字母拼在一起,那是"宝贝"的四个英文字母,用蓝色、黄色、白色交错在一起,很好看。我想也许她明白这些不是给她准备的,而是我和她爸爸将来的宝贝。

我从地下室出来,穿过客厅的落地窗走到草坪上。紫色的蔷薇花顺着墙体开得很鲜艳,另一端没有被阳光照射到的花朵还未开放。我抬起头看见小茉莉坐在储藏室外面的房顶上。从我站的角度看过去,她看起来像是个成熟的女人。在那里她迅速地明白了"另一个"是什么意思。另一个孩子,另一个女人,另一个家,另一个世界。这在生命中很重要。

"另一个"和时间捆绑在一块儿,跟随时间的进程,没有人能拒绝"另一个","唯一"不属于他们。而她也正在变为另一个。

此时的她换回了过去男孩子的装束,起皱的马丁靴搭落在屋顶的斜面,另一只脚她用手抱住。从这个角度看不见她腰上胰岛素的袋子,也看不出她是一个有糖尿病的病人。她向着远方,看着远处高大茂密的杉树林。

树上掉下的飞絮落在了她的头发上、她的肩膀上,又落在她的脚边。她摊开手,想让飞絮也落到她的手上。背后的衬衫因为她的挪动而从扎好的裤子里向外翻了出来,露出也许她没有被人抚摸过的白皮肤,她母亲的白皮肤。她腰上系着脱了胶的皮带,它的陈旧让人迅速联系到过去、香烟、酒精、血,还有黑象牙。

八

雨突然就下了起来,史蒂夫离开家前天空还一片晴朗。史蒂夫知道今天是我去看心理医生的日子,他把车留给了我,让我带上小茉莉,诊疗室旁边有一个公园,那里常年充斥着孩童玩乐的声音,尤其是夏天,呼哧呼哧跟着自行车跑的狗,还有穿着短裤沿途跑步的人。小茉莉可以在那里交些朋友,更好地融入这里的生活。小茉莉和那些孩子无法想象对面就是生的另一端。没有人故意要将生和死放得这么近。

我没有告诉史蒂夫昨天早上他上班时,我接了她的电话。电话里她的声音很微弱,如同游丝一样从电话的那端传过来,听上去像是从一个阴暗的地方传来的,因为她的声音里透着湿气。她已经做了手术,她没有说是否成功,总之她还活着。

这个电话让我恍惚,我忘了她说了什么。我只能凭着对那个湿浸浸、虚弱的声音的猜测,想着她一定是请求我把小茉莉带到医院去。她所在的圣安德鲁医院也不是通过电话记住的,之前她告诉过史蒂夫,她清楚无误地告诉史蒂夫医院的名字,她相信他会去看她。"留下一条路改日再见",他们终究会再见的。

我这样想着就挂了电话,或者在我还没有挂掉电话时,她就已经挂掉了电话。我记得她在电话里没有提行李箱的事,可是我还是给她带上了。我想她行李箱里放着的胸罩,这会儿是彻底地用不上了。但那是属于她的,过去的时间和一切依然是可以属于她的。无论死去还是活着。

史蒂夫车的座椅,以及两边的后视镜对我来说太高了。通常我开他的车都会在座椅的左边调回我的"个人座椅设置"。按键 1 是他的,按键 2 是我的。座椅靠背在往前靠,发出有序的机械运动的声音。小茉莉并不觉得好奇,继续看着前方,我想也许在过去,那个按键 2 是小茉莉的母亲的设置,只是我永远不会知道,也永远不会问。

雨下得比以往来说都更大。我看了一眼一直没有说话的小茉莉，我们出门前没有吃东西，这会儿她一定饿了。如果我是她的妈妈，她会说她饿了，可是我不是，所以即使她饿了，她也不想说出来。我们开车经过星巴克的咖啡店，从雨中的喇叭里传来一个女人的声音。

"你好，需要点什么？"是菲律宾人的口音。

我皱着眉头慌忙地看着菜单栏，不知道要什么好。

"我要鸡蛋三明治。"

"这上面没有该死的鸡蛋三明治。"

我和小茉莉在菜单上来回地寻找，雨刮器的声音让我极度烦躁不安。

"你好，还在吗？"喇叭里的女人不耐烦地问。

"你就不能等一会儿吗？"我转过头看小茉莉："里面有夹香肠的，或是培根，你到底要什么？"

"培根。"她说。

我对着喇叭里的女人重复了小茉莉的话。喇叭里的女人说了什么，我没听懂。

"我简直听不懂你在说些什么。"

我没好气地说。喇叭里的女人沉默了，显然是压着怒气，因为她知道我是在指她的菲律宾口音。

拿上吃的，绕了个圈，我们的车重新驶上大路。雨刮器的声音盖住了雨的声音，玻璃上的雾气遮住了视线，道路上除了雨什么也看不清,就连从身边超过去的车子也看不清。我打开了除雾器,道路变得清晰起来。

小茉莉大概是饿了,或者她在家里待的时间太长了。很快她就吃完了手里的东西,这会儿正看着窗外的雨发呆。我几次转过头去看她,她把头歪靠在车窗上。

"你的中间名是什么?"除此之外我不知道我还能问些什么别的。

"玛格丽特。"小茉莉的声音透明透亮。

雨似乎比先前下得小了,我调慢了雨刮器的速度。

"玛格丽特·杜拉斯,你知道吗?我和你爸爸在巴黎拜访过她的墓地。所有人都给她留了一支笔,我给她留了一张巴黎地铁站的车票。"我笑着看着她,希望她觉得我偶尔也是个有趣的人。"你说她会拿着车票去哪里呢?"

在开往诊疗室的路上,小茉莉并没有回答。过了一会儿,将手中吃完了的培根三明治包装纸揉成一团放到了脚边,小茉莉终于望向了我,可我没有转向她。

她问,"什么是死?"

"死就是躺下。"我不知道做何解释,我们只想什么是生,怎样去活着,去医院、去打针、去吃药。白色的药丸、蓝色的药丸,按程度划分,只有相同经历的人认得出,心照不宣。我不能告诉她,此刻我带着她去的地方,充斥着人类过去和现在的痛苦,那些痛苦难以忍受,推人入万丈深渊。我不能告诉她什么是心理疾病，什么是治疗。

九

心理医生的治疗室就在前面不远了，雨中模糊看到的那片海面隔着一条绿荫长道，我把车子开进那栋被树木遮蔽的楼房时，突然决定继续往前开。离开心理医生，离开药物，离开只剩下灰白的水泥地和被车轮摩擦掉了黄色分割线的停车场。

我一直开到了圣安德鲁医院，途中我还犹豫过要不要带着小茉莉去看她的妈妈，我甚至开始怀疑那个电话的真实性。她到底有没有真的打过电话？我为什么不去看心理医生，而是把车开到了这个对小茉莉来说的死亡之地？史蒂夫一定也来过了，关于今后的重逢谁又能知道多少。

雨像是突然间停的。

圣安德鲁医院很安静。消毒水的味道和夏季泳池里的一样炽热烦躁，不同的是在那里我们听到孩子的呼声、从空中飞过的球，还有拍打水的声音，这里却很静，像是沉到了水底，声音是被遮挡和压迫过的。

小茉莉去上厕所了。我说我在前台等她，询问她母亲的病房。

"请查一下莎莎住几号病房。"一个蓝眼睛的护士抬起头来看着我。她的眼睛里装着荒暗无垠般灰色的大地。她从桌底下拿出一张纸，让我登记。

"访客的名字签在这里。"年轻的护士意识到我没有笔，把插在口袋里的圆珠笔抽了出来递给我，注意力又回到刚刚正在处理的事。她像维米尔画中的人物，在事物以外。

护士突然间抬起头，指着"与病人关系"这一栏示意我填写。

"不是我，是一个女孩。我在这里等她。"我往厕所的方向指去，示意她去了厕所。我试图尽量撇清看望莎莎的心愿。她似乎一开始就注意到了我们，注意到一个三十多岁的女人带着一个十多岁的孩子。

"与患者的关系？"她把那张纸取了回去。

"她是她的女儿。"我看着她的蓝眼睛，看见了她的躲闪。

"患者姓什么？"她抬起头来，希望我此刻告诉她那不是同一个莎莎。

"斯考特。"我反而像在喊史蒂夫的姓氏，要告诉他什么事似的。

"她已经走了。"她看着我。

从她的眼睛里,我明白这个"走"和那个"走"是不一样的。

"什么时候?"

"昨天下午。"她每天都在处理这样的事,这已经不再难说出口了。

我站在护士站的玻璃门前,敞亮的光反射着的大厅,只有我孤身一人,风穿过的声音细腻地落在地上。

小茉莉从厕所走了出来。她在黑色的裤子上反复擦拭自己洗过的双手。那双有褶皱的马丁靴鞋带被系得很紧。她抬起头正望向我。

她走过来,穿过我,穿过一片湖泊、一棵法国樱桃树,上面有一群鸟在离开,一群鸟在抵达。

后记
驾驶我的车

2019年回国前,我不得不把我的第一辆车卖掉。那是一个夏天,方向盘和仪表台被晒得发烫。去往郊区的车行要经过一段高速公路,为了和其他车辆保持相同的速度,我把速度提到了90码。在车行填完表,工作人员带着工具把车身前后保险杠上挂着的车牌卸掉,让我拿在手里,坐在沙发上等待叫号办理最后的交接手续。这种安静又空旷的感觉很熟悉,像是在医院或是机场。

在真正拥有第一辆车以前,我一直驾驶着大学同学的一辆1980年左右的绿色双排座车。车的座套沿用了棉和聚酯纤维合成的布料,缝合的间隙里有很多树枝木屑以及灰土的碎片。后排左边的车窗没有办法关紧,有时雨雪会飘洒进来。好在我常年使用四季胎,也不会在冬季时换成雪胎,所以在漫天大雪里开车的时候并不多。有几次下雪,车行驶到史丹利公园(Stanley Park)入口时,透过深蓝色的遮光膜,旁边树上的积雪和来往的行人,像是浸泡在了幽深的蓝色之中。

我一直驾驶着这辆绿色的车往返于学校、超市和海滩之间。它成为我日常生活里必不可少的座驾。在乡村开车是一件惬意的事情,这里没有过多的车辆和行人,但即便是在没有行人的时候,我也会在每一个"停止"指示牌前停顿至少三秒。温哥华午后或清晨的空中会飘浮着一条绵长的薄雾,车行其间天宽地阔。我常一个人带着面包和小说,驱车到海边看海鸟飞行,海浪拍打岸边的声音总是会被残缺不全的雨刮器打断。车内空调机箱的轰鸣,也会盖过外面世界的风浪声,寒冷的空气透过破碎的车窗玻璃,弥漫着石头底下海洋生物腐尸的腥味。

再发动这辆车的时候,它的仪表盘显示这辆车已驾驶了 1 710 000 千米。

现在已经很难想象那时候的状态。那些年暑假我很少回国,有一次去同学家借住,三层楼的房子,在他们一家人外出旅行时,只有我住在他们家的地下室里。近两个月的时间,我没有见过任何人,也没有和人说过话。临近傍晚时,我会独自坐在院子里,在一张绿色的户外露营的折叠椅上听远处的蝉鸣。一个人的时候会对周围的声音特别敏感,我经常听到蜂鸟靠近饮水瓶时羽翼的振动声,或者是树林掉落什么果实的声响,有的时候树枝也能在没有大的外力下忽地断落下来。那时候,时间成了伪概念,反而声音才是一种对流逝的推进。

这本集子里的小说《飞往温哥华》《再来一次》《遗

产》《小茉莉》,都是在这样的状态下完成的。然而这种近乎静止的状态似乎让这四篇小说里的主人公,或多或少地都在渴望某种逃离。这是在核对中信出版社发给我书的校样时发现的,故事里的这四位主人公似乎总在开着车,无休无止地驶向一个漫无目的的远方。无论他们是在自己的车上或是在别人的车里,他们都在渴望移动和速度,甚至是隐藏。这一主题无论是之前出版的小说集《街区那头》,或是诗集《又一个春天》里,都没有出现过。

有细微差别的是,《飞往温哥华》和《再来一次》中的"逃离",主人公面临的更像是一段自我流放的过程。《飞往温哥华》里的母亲,她选择了界外,在那个异国他乡的场域里,因为文化和语言的差异,她在无论是公共空间如租房、超市等场合中或是私人空间,如车里、出租屋里,总是处于一个失语、惊慌的状态。这是国外"陪读妈妈"的一个常态:牺牲自我,失去社会认同,她们在界外的夹缝中生存或枯萎。

《再来一次》探讨的更多的是人类对于痛苦的迷恋。再来一次,什么可以再来一次?时间永远变幻莫测,永远如潮如涌,没有事物准许重复。"再来一次"的呼呼只是人类自我欺骗的幻觉罢了。赫拉克利特的名句或许应景:人不能两次踏入同一条河流。殊不知即使是赫拉克利特也对某种光影变幻的重叠着迷过。在他的残篇里,这句著名的"人不能两次踏入同一条河流"上下连接的两句是："Upon those who step into the same rivers, different and ever different waters flow down.""We step into and we do not step into the same rivers."它们都在复述人类正踏入那条相同的河流。

《遗产》这个故事是在从以色列的耶路撒冷到约旦的佩特拉古城的公路旅行中完成的。即使故事里沿用的场景是另一次公路旅行。2017 年 7 月 3 日我确切停留的位置是：7001 Savaona Access Road, Savaona。它是从温哥华开往坎普鲁斯的一条必经公路，最后也变成了黄杰明和女友居住的公寓的想象之地。如果将来有人有兴趣去寻找的话，沿着这个地址走进那条右侧的小路，会看到一栋蓝色的排屋，排屋的最左边就是故事里的房间了，白色的门用金色的字体写上了房间号：1001。或许再仔细寻找，仍然能在房间的纱门上找到故事里"用细小的铁丝绑着的紫色蝴蝶"。房间朝北，若打开手机里的罗盘，上面的刻度会显示 3°N。也是在这个房间里，像故事里发生的那样，"灯和窗不能同时打开，灯源会吸引体积更小的虫子穿过纱窗"。

《小茉莉》和《午后，我们说了什么》的完成还算顺利。它们分别是在冬天最冷的时候和夏天最热的时候写完的。《午后，我们说了什么》的小说时间很短，只有一个下午，小说里"一只麻雀摘走树上的樱桃"，装饰了小说的时间。但《小茉莉》中的凛冽之感却持续了好几个月，我想这也从侧面反映了，我在写这两个故事时所耗费的时间。

《等风来》是整个小说集里一个最难以言说的故事。院子里的紫藤花刚刚开过，浓密的藤蔓挡住阳光，我跟小伙伴在紫藤架下玩得高兴，就在那样一瞬间，我看见妈妈从家里走出来，她与迎面而来的一个婆婆说着话，正在装修的五楼飞下一把铁锤，犹如太阳光一闪。妈妈倒在血泊之中，我抱着她血淋淋的头试图托起她，可是人在无意识的时候，头颅会下沉。我只听到自己的哭声，还听到她那平时温和又略带命令的声音："别动妈妈的头。"

当天我被寄放在邻居家里，很晚小姨父才来把我接走。第二天，三姨带着我去参加了贵州电视台举办的"故事大王"的决赛，他们在电视台大门口给我照了一张照片，我穿着粉色的灯芯绒背心裙（我们幼儿园的校服），红色的腿袜配着蕾丝荷叶边的白袜子，外加一双红皮鞋，脸颊上留着红妆，扎着蝴蝶结。那时以一个四岁小人儿的想象力，是无法知道铁锤的重量以及人的生死的。接着三姨又带我去参加了电影《小萝卜头》的试镜，然后才把我带到医院。在医院门口，她拉着我的手说："宝宝你差点就没有妈妈了。"

定下《飞往温哥华》这本书书名的过程好像很自然，

也没考虑过其他的书名。飞往温哥华，看上去是开始，其实是一种结束。这个书名的恰切，如同一段时间标识——它意味着某段异域性写作生涯的终结。我的写作在这之后注定会发生变化，因为视野和生活经验的转向，所以《飞往温哥华》注定是我写作生涯中一部转折性的作品。

《飞往温哥华》是我出版的第三本书，在三十岁之前有三本书，我很知足。第一本书《街区那头》入选了2018年中国作协的21世纪文学之星丛书。而第二本书《又一个春天》入选了第36届青春诗会，得以在长江文艺出版社出版。入选21世纪丛书和青春诗会，我想都是年轻写作者的梦想。舒婷、顾城他们都是从这里走出来的。

作为一名写作者来说，我无疑是幸运的。可我还是无法回答自己写作是为了什么，或许像叶芝那样，将天鹅和少女的起舞当作宇宙循环的伊始才能记录某种瞬间的永恒。即便在《说吧，记忆》中，那远去的雪橇的铃声如今已变成耳边的嗡嗡声，六十年的岁月也不过在纳博科夫的指尖碎成了闪光的霜尘。

在这本书的最后，感谢格非、毕飞宇、张莉和刘亮程等老师们的推荐。感谢为这本书付出辛劳的中信出版社。同时也感谢我的父母，还有汪润泽，他们在我创作时，给予了我无限的耐心和支持。

2023年3月29日于北京西城